LES LARMES DE MA MERE

Michel Layaz vit à Lausanne et à Paris. Il est l'auteur de plusieurs romans, notamment de *La Joyeuse complainte de l'idiot* et *Le Nom des pères* (Zoé, 2004). À propos de l'écriture de son roman *Les Légataires* (Zoé, 2001), Tiphaine Samoyault, dans *Les Inrockuptibles*, parla « d'*une liberté poétique qui fait toute sa force* ».

DU MÊME AUTEUR

Quartier terre
L'Age d'homme, 1994

Le Café du professeur
L'Age d'homme, 1995

Ci-gisent
L'Age d'homme, 1998

Les Légataires
Zoé, 2001

La Joyeuse complainte de l'idiot
Zoé, 2004

Le Nom des pères
Zoé, 2004

Michel Layaz

LES LARMES DE MA MERE

ROMAN

Éditions Zoé

TEXTE INTÉGRAL

ISBN 2-7578-0081-7
(ISBN 2-88182-468-4, 1re publication)

Tu dois créer une relation entre le fait qu'aux moments les plus vrais, tu es inévitablement ce que tu fus dans le passé, et le fait que seules les choses dont on se rappelle sont vraies.

Cesare Pavese

Bien sûr, il faudrait vider cet appartement, quitter cette région. Il y a un oiseau qui est entré par la fenêtre ouverte et qui n'a pas su comment repartir. Il y a des plumes un peu partout, sur le sol et sur les objets. Il y a aussi le cadavre de l'oiseau. Les objets ne sortent pas de la tête aussi vite que tu l'imagines. Les objets demeurent parfois effrayants. On se baissera, on ramassera les plumes et on enterrera l'oiseau dans une forêt que j'aime, près d'un arbre qui rend calme, un arbre entouré de mousse à l'odeur de chair savonnée, un arbre sur lequel on peut grimper pour respirer d'autres parfums, de ceux que tu ne connais peut-être pas. Tu dis que l'appartement est un lieu idéal pour parler. Tu dis que tu refuseras mes caresses tant que tu ne m'auras pas entendu. Tu dis encore que tu te moques de savoir si cela ressemble à du chantage. Tu exiges des mots. C'est aux mots que tu veux croire.

*

La voiture autonome

Avec mes frères nous possédions un grand nombre de petites voitures métalliques sans qu'aucun d'entre nous ne réclamât des droits de propriété sur tel ou tel véhicule sous prétexte qu'il l'avait choisi ou reçu. Toutes passaient de main en main sans que cela ne produisît le moindre heurt. Ce bel esprit de partage a été mis à l'épreuve avec l'arrivée, dans notre parc automobile, d'une machine hors catégorie dont nous voulions être, sans partage cette fois-ci, propriétaire et conducteur, bien que dans le cas présent, la notion de conducteur fût encore plus inappropriée qu'avec les autres voitures. Cette automobile avait plusieurs particularités qui la distinguaient et l'auréolaient d'un prestige qui déclenchait parfois l'émeute au sein de notre groupe : beaucoup plus grande, moins conforme à la réalité (elle avait de très hautes roues et un volant disproportionné), plus brillante, mais par-dessus tout autonome, c'est-à-dire que cette voiture, sous son ventre, possédait un mécanisme qui se remontait à l'aide d'une clé fixe et grâce auquel elle pouvait rouler seule pendant deux ou trois minutes, temps qui nous paraissait énorme et qui prenait fin au moment où la clé avait cessé de tourner, très vite, dans le sens inverse à celui qui actionnait, ou chargeait, ou nourrissait, le bolide. Nulle épopée ne devenait impossible ! La voiture, par exemple, traversait le long couloir de l'appartement à une vitesse confondante, se cognait contre la porte de la cuisine, s'obstinait à vouloir renverser une armoire, repartait sous nos cris et nos encouragements en direction de la salle à manger, butait à de multiples reprises contre les pieds des chaises et des lampes, trouvait un dernier espace libre avant de s'arrêter n'importe où, c'est-à-dire là où sa course l'avait conduite. On pouvait alors recommencer, remonter le mécanisme et assister à une nouvelle traversée où chaque objet se transformait en un élément du décor, l'appartement valant l'univers ! De la même façon qu'avec une boule magique lancée vigoureusement et dont le trajet reste impossible à prévoir, il n'y avait jamais deux parcours semblables, ce qui créait une compétition où chacun d'entre nous voulait être l'initiateur de la course la plus singulière, la plus folle, de celle dont on parlerait encore avant d'aller se coucher. Dans cette logique de la surenchère où rien n'effrayait, où les propositions les plus confuses étaient mises à exécution, en voyant ma mère allongée sur le canapé du salon, sa chevelure comme une offrande de tragédienne, j'ai eu l'intuition que sa tête pouvait constituer un excellent point de départ, une *pole position* atypique qui en boucherait un coin à mes deux frères, eux qui vénéraient cette femme comme une prophétesse dont il fallait se prémunir et ne jamais perdre les bonnes grâces. À quatre pattes, dans un silence d'assassinat, je me suis approché du canapé et j'ai posé le bolide remonté à bloc sur la chevelure de ma mère qui, debout d'un saut, n'a pas pu, malgré sa réaction immédiate, se défaire à temps de la voiture dont la clé entraînait avec elle les cheveux, les entortillait, les roulait, les aspirait dans le ventre du mécanisme sans qu'on pût faire autre chose que d'attendre la fin, ou deux minutes, c'est-à-dire l'éternité. Ma mère ne tentait rien. Le visage non pas congestionné, ou crispé, mais implacable. Et cette expression qui était la négation de toute expression n'a pas cessé jusqu'à ce que le moteur du bolide étouffât enfin. Je vois ma mère debout avec, dans ses cheveux, la voiture, fixée là comme une ventouse, ma mère qui va chercher des ciseaux, qui me les tend en ordonnant d'une voix plus coupante que l'objet serré maintenant au bout de mes doigts tremblants, d'une voix dont le dédain piétine les remords, de cette voix-là ma mère dit: Coupe. Et ma main sans assurance au-dessus de la chevelure; et la nécessité où je suis de couper les cheveux tout près du crâne, là où la voiture a opéré son massacre, là où la couleur blanche et rose du crâne est visible; et ma mère qui durant plusieurs semaines restera avec ce trou dans les cheveux, sans jamais essayer de le cacher, exhibant sa plaie, me désignant tour à tour comme le bourreau, l'irresponsable, l'idiot qu'on n'oserait gronder et à qui on ne saurait tout à fait en vouloir.

*

Par exemple au restaurant. On peut défendre une idée avec véhémence, une véhémence qui vient de la conviction à penser juste cette idée. On trouve les phrases qui assiègent, qui conquièrent, on trouve les formules qui imposent, on a une intelligence pleine de spontanéité. Mais quelle noyade quand à la fin de repas, après que tous les mots de la conviction ont été déployés et qu'on commence à se réjouir de son sort, qu'on se sent avoir pris corps, quelle noyade quand à ce moment précis vient s'asseoir à la table d'à côté un homme ou une femme dont la seule présence, silencieuse, suprêmement silencieuse, efface d'un souffle l'idée défendue avec véhémence, l'idée jurée irréfutable quelques secondes plus tôt.

*

La statue

Pourquoi mon père ne déposait-il pas cette statue dans la chambre à coucher?... Il aurait ainsi pu, avant de s'endormir, la contempler, la laisser l'accompagner dans ses rêves. Je savais que cette statue était très ancienne, des milliers d'années, et qu'elle venait de loin, du Yémen, une statue en pierre, haute d'une vingtaine de centimètres dont presque la moitié formait un socle (le personnage n'avait pas de jambes, ou alors ses jambes se cachaient dans le socle) tandis que le buste, à cause de deux petits seins éloignés l'un de l'autre, indiquait qu'il s'agissait d'une femme, révélation impossible à deviner en observant seulement le visage plat et sommaire. Mon père, avant de partir travailler, avait l'habitude de passer sa main sur cette statue comme si elle lui accordait un peu de sa force et de son calme. Il la regardait avec une douceur majestueuse, et à n'en point douter, dans l'appartement, c'était l'objet auquel il était le plus lié. Sans tout à fait saisir la profondeur de cet attachement, je la comprenais. Plus d'une fois, j'ai moi-même grimpé sur une chaise pour mieux sentir contre ma paume la forme de la statue et les aspérités granuleuses du calcaire. Bien qu'elle fût petite, je trouvais cette statue colossale, une masse invincible posée sur la commode du hall d'entrée et à laquelle la plupart des visiteurs ne prêtaient aucune attention, ce qui me permettait de séparer les personnes qui pénétraient dans notre appartement en deux clans : ceux qui remarquaient la statue et ceux qui ne la remarquaient pas. J'avais pour les personnes de la première catégorie une inclinaison et je les imaginais dotées d'aptitudes supérieures. Cette façon de donner de l'importance à des détails m'a poursuivi, et aujourd'hui encore, j'admets mon impossibilité à supporter quelqu'un qui n'aime pas les chats, ou qui rechigne à s'asseoir dans le sable, ou qui refuse de relier deux points par un trajet autre que celui qu'il a l'habitude de prendre...

Je cherchais mon bilboquet depuis une heure. J'avais fouillé ma chambre de fond en comble, vidant la malle, regardant entre les piles d'habits, plongeant sous l'armoire, sous le lit, déplaçant la bibliothèque, n'épargnant aucune zone d'ombre. Rien ! Nulle trace de ce jouet que j'utilisais aussi comme grigri, ou plutôt comme baguette magique qui exaucerait certains de mes vœux si j'étais par exemple capable de réussir trois, ou cinq, ou sept fois d'affilée (selon l'importance du vœu) à faire retomber la boule percée sur le bâtonnet prévu pour la recevoir. En passant devant la commode du hall d'entrée, je me suis souvenu que ma mère y rangeait parfois certains de nos objets, à mes frères et à moi-même, qu'elle avait décrétés inutiles, objets qui restaient là comme au purgatoire jusqu'à ce qu'elle les condamne ou les gracie. J'ai d'abord ouvert le dernier tiroir, celui du haut, puis, par je ne sais quel illogisme, celui du bas. En me relevant, j'ai tapé de la tête le tiroir que j'avais oublié de refermer. Le choc a provoqué la chute de la statue. J'ai pris la chaise pour mieux voir : la malheureuse avait la tête brisée. La mienne ne l'était pas moins ! Je ne pouvais mentir, cacher ma faute, je devais affronter mon père, lui dire le mal que j'avais infligé à la statue radieuse, et puis souhaiter qu'il me pardonne, compter sur sa compréhension, son discernement. J'attendais dans le hall qu'il arrive. Une gueule de molosse me mordait les chevilles, m'empêchait de bouger. Je haïssais autant ma maladresse que ce bilboquet du diable capable de décapitations. Quand la porte d'entrée s'est ouverte, d'un regard, mon père a compris : la commode, la tête coupée, ma peine, mes regrets, mon attente, il a compris tout cela, mais une fureur est venue battre ses tempes, un instinct qui peut s'emparer du plus brave des hommes, le brûler, injecter en lui une sauvagerie de pirate, de tortionnaire, une violence qui ne pourra se dissiper sans une action d'éclat, un cri, un geste sonore. Le visage calme, mais avec les mâchoires serrées, comme s'il avait voulu les broyer, réduire ses dents en poussière, mon père m'a giflé.

Assis sur mon lit, tranquille, je caressais du bout des doigts mes joues brûlantes, soulagé que ce moment soit passé, sans haine contre mon père, persuadé de la nécessité de cette gifle, de la réconciliation à venir.

Douleur et affliction ne dureraient pas.

Il suffisait de fermer les yeux et de renaître.

L'impact d'une détonation peut provenir d'un tissu qu'on froisse ! Sur le seuil de la chambre, dans une robe grise, imposante et impavide comme les personnages des bas-reliefs assyriens, se profilait ma mère. Son corps refusait d'aller plus loin, de passer le seuil de la chambre, mais sa voix, d'un autre temps encore, victorieuse, victorienne, sa voix venait jusqu'à moi, me secouait, me soulevait, sa voix me perçait les veines, s'insinuait, me crispait, sa voix disait, de ce ton de haine frivole qui méprise et condamne la domesticité alentour: Va! Va regarder ce que tu as fait! Va voir dans quel état tu as mis ton père! Tu entends?... Va voir ton père! Assis dans le crapaud rouge au tissu usé, dans ce fauteuil que ma mère jugeait épouvantable mais qui avait accompagné son mari depuis l'adolescence et qu'elle avait fini par tolérer comme on tolère un défaut inaliénable (par exemple des os pointus, une tache de naissance, une bouche qui tombe, des doigts trop courts, une mauvaise vue), assis dans son crapaud, mon père avait le corps penché en avant, qui tremblait. Il cachait sa face de malheureux. Quand il a senti ma présence, il a retiré ses mains. J'ai vu le visage d'un homme qui pleurait, un visage qui montrait ce qu'il serait vingt ans plus tard, avec les yeux qui se ratatinent, avec les rides qui s'élargissent, avec cette fatigue irréversible qui se propage sur chaque parcelle de peau, la flétrit, la grisaille, la consume, mais je voyais aussi qu'il était prisonnier de ce fauteuil, comme si une enveloppe métallique l'entourait, avec des barreaux serrés, avec une porte cadenassée, mon père enfermé dans cette cage comme un animal sur qui on se livre à diverses expérimentations et qu'on libérera peut-être, une fois achevées les séances d'analyse, si le responsable du laboratoire le veut bien. Mon père ne supportait pas de m'avoir frappé. Il s'en repentait. Il demandait aux pleurs de l'absoudre, de diluer son désespoir. Et alors que j'allais lui dire combien cela n'était rien, combien tout était ma faute, combien je l'aimais, alors que j'allais me blottir entre ses bras, sentir l'odeur de sa peau, revient d'un coup, sans qu'on puisse l'arrêter, cette même voix pleine d'une gaîté hargneuse, triomphale, cette voix venue là pour aviver notre peine et achever l'humiliation de mon père : Maintenant que tu as vu... Va ! Disparais ! Et le gris de la robe de ma mère qui n'en finissait pas de rayonner.

*

Que peux-tu attendre d'un homme qui s'enthousiasme en fixant la pulpe d'un fruit, ou les tournesols qui s'inclinent, ou le vol d'une libellule, ou la couleur d'un vernis à ongles ?... Que peux-tu attendre d'un homme qui se contente du piquant des aiguilles, du parfum des jacinthes, un homme qui cherche les mots non seulement pour décrire cela, mais la lente décomposition de tout cela ?... Tu prends chacun de mes doigts, tu les tires jusqu'à ce qu'ils craquent. Tu les pousses à la renverse. Tu mords les premières phalanges. Et d'amour peut-être, tu souris.

*

La canne à pêche

À l'âge de dix ans, j'ai reçu une canne à pêche. Une vraie canne à pêche ! Avec le fil nylon, le moulinet et un manche noir et doré. Un cadeau de gens que je ne connaissais pas, une cliente de mon père accompagnée de son mari, et cette femme et cet homme, très grands, très beaux, dès leur arrivée, m'avaient tendu cette canne à pêche que je n'osais saisir, doutant que le cadeau me soit destiné, doutant que des gens que l'on voit pour la première fois puissent se comporter en vrais pères Noël, mieux que cela, le père Noël n'a pas cette supériorité captivante, il n'a pas ces gestes élancés, il ne provoque ni cette crainte ni cette attirance qui grandissaient en moi, mais qui au lieu de me pourvoir d'audace, me tourmentaient, rendaient mes regards – en dépit d'efforts pour ne pas paraître ridicule – affreusement niais et confus. Je restais immobile et je les regardais avec un début de frayeur. Quelle raison d'offrir à un enfant qu'on ne connaît pas un objet aussi chargé de rêves et d'escapades que cette canne à pêche qu'ils me tendaient maintenant avec une grâce insistante et que je n'osais toujours pas attraper de mes mains, de peur qu'elle disparaisse entre les lames du parquet, ou qu'elle se glisse dans la faille d'un carreau fendu, ou qu'elle s'envole en se moquant de ma bêtise et de ma lenteur?... Recevoir un cadeau peut ressembler à un combat, à la conquête d'un château fort. Mais elle est pour toi... La canne à pêche est pour toi... Vas-y! Prends-la... La voix de mon père détachait les syllabes de chaque mot comme s'il s'adressait à un sourd. Mon père s'agaçait de me voir si timide, si hésitant, les épaules rentrées en marque d'exil, manquant à ce point de courage, maniant les mots et mon corps comme des ennemis ou des alliés prêts à la trahison, et si personne d'autre ne l'entendait, je savais que la voix de mon père disait encore d'autres choses, moins plaisantes celles-là, des phrases qui m'étaient destinées par en dessous et qui n'avaient nul besoin d'être formulées pour que je les entende. J'essayais de concentrer mes esprits au mieux, de trouver une cohérence, quelque chose de rassurant, comme une formule algébrique ou une démonstration implacable, je cherchais des explications rationnelles alors qu'il suffisait de lever les yeux et de tendre les bras sans demander mon reste. Inutile de chercher plus loin: un couple magique avait surgi à la maison, une canne à pêche dans ses bagages, et la canne à pêche n'était pas pour mes deux frères. Comment mettre à mal ma fausse impassibilité ?... Comment vaincre l'impossibilité de naître un autre ?... La femme a glissé ses doigts dans mes cheveux, des doigts aussi soyeux que les foulards de ma mère, des doigts qui me laissaient frissonnant des pieds à la tête, des doigts qui s'écartaient si loin les uns des autres qu'ils pouvaient enlacer l'entier de ma tête, et cette femme a eu envers ma mère un drôle de sourire, c'est-à-dire qu'au début ce sourire n'avait rien de particulier, mais dès qu'il a été formé, dès qu'il est arrivé à son apogée, au lieu de rester deux ou trois secondes en place comme c'est en général le lot des sourires, vraisemblablement parce que les dents du haut ont poussé la lèvre du bas, le sourire s'est transformé en autre chose, peut-être en un sourire-reproche, oui..., c'est cela même, un sourire avec un brin de réprimande qui aurait pu forcer ma mère à détourner les yeux qu'elle ne détournait jamais. Mais que m'importaient ses regards !... J'avais maintenant la canne à pêche entre les mains. Comme un astre. Un sac de perles. J'en étais le nouveau maître. Rien d'autre ne comptait. Tous pouvaient m'oublier. Ils pouvaient entamer leurs conversations (l'art, les conflits dans le monde, les injustices sociales, la misère, l'économie, les bonnes tables, les vacances à venir), je possédais une canne à pêche. Personne ne pouvait prétendre le contraire et personne ne pouvait me l'arracher. À côté d'elle, qu'auraient été une bicyclette, des patins, un cerf-volant, une épée, un circuit automobile?... Il existe des objets qui nous attendent et nous agréent. Peut-être qu'on ne le savait pas, qu'on ne l'imaginait pas, et sans ce couple j'aurais pu vivre dans l'ignorance de la canne à pêche et des plaisirs qu'elle prodiguerait... La première nuit, je l'ai couchée dans mon lit. Je me réveillais pour la regarder, la toucher, avoir la certitude que je n'avais pas rêvé, que ce couple d'enchanteurs était venu chez nous, que cette main de femme m'avait caressé, que le cadeau existait. Si j'avais dû mourir à cette heure, j'aurais voulu qu'on m'enterre avec la canne à pêche. Qu'elle m'accompagne là où les incertitudes rebroussent chemin, là où les destins se résolvent.

Le lendemain à l'aube, j'avais l'autorisation d'aller à la rivière. D'y aller seul. Et jusqu'à l'âge de treize ans, je me suis rendu sur les bords de la rivière, avec ma canne, un seau, mes hameçons, des petits beurres et un litre de limonade à la framboise qui avait un goût de pharmacie et moussait au premier cahot. J'avais aussi des bottes en caoutchouc, des bottes jaunes beaucoup trop grandes que ma mère avait consenti à m'acheter et grâce auxquelles je pouvais – malgré l'interdiction –, traverser la rivière là où elle était la moins profonde. Pour arriver à la rivière, je devais prendre l'autobus qui passait devant notre immeuble, descendre au dernier arrêt, marcher une vingtaine de minutes. Dans l'autobus, je me tenais devant, près du conducteur, fier de ma canne, de mes bottes, de pouvoir aller seul à la rivière, et parfois, à l'abri des défaillances, je regardais mon reflet dans l'un des rétroviseurs de l'autobus. J'essayais alors des poses. Des mimiques. Je jouais avec mon visage jusqu'à ce que j'aie trouvé ce que je décrétais être l'attitude du parfait pêcheur. On me souriait. Les conducteurs d'autobus ont entre les mains une machine et ils savent où ils vont. Un bruit particulier, une odeur, une lumière qui tressaille, une agitation fugitive, la vibration d'une menace, ils remarquent tout, ils enregistrent tout, ils parviennent à éviter le pire parce qu'ils n'ont pas le choix, ils sont à la fois en ligne de mire et en embuscade. Les conducteurs d'autobus actionnent des boutons et des portes s'ouvrent, des directions se prennent, des passagers montent ou descendent, des rues se parcourent, nos dispersions s'amenuisent. Moi, j'avais ma canne à pêche et je savais où j'allais. En passant devant le conducteur, je lâchais un : Au revoir Monsieur, merci pour la bonne conduite, je vais à la pêche. Les discordes se déliaient. Les masses sombres partaient en poussière. Une joie chaude me traversait la poitrine. J'étais le légataire d'un bonheur préservé des tumultes et du néant.

Dès la première fois où je me suis installé au bord de la rivière, sur un rocher rond d'où sortaient quelques herbes qui me chatouillaient le haut des mollets, dès que j'ai lancé ma ligne avec, fixé à l'hameçon, un ver de terre, j'ai su. J'ai su que je n'attraperais rien. J'ai su qu'aucun poisson ne viendrait mordre à la ligne. Et s'il avait dû en être autrement, j'aurais renoncé à l'autobus, à mon seau, à la limonade dont l'écume rose clair me colorait les lèvres, à la canne à pêche. Au début, à la maison, on a ri et on s'est moqué de mes performances. On m'a surnommé le *péclo-cheur*. Après quoi on s'est ennuyé de mes seaux vides et de mes insuccès que je continuais à vivre comme d'ineffables réussites.

*

Dans l'appartement où j'habite, qui est peut-être trois fois moins grand que celui-ci, tu veux savoir pourquoi il n'y a pas de miroir. Tu montes sur une chaise. Tu es prête à me couvrir de théories sur les maisons sans miroir. Tu es prête à me citer des livres vides d'incertitudes... Je vois déjà tes lèvres qui s'offusquent, je vois tes sourcils qui se courroucent... Tu veux que j'achète un miroir.

*

Le tourniquet

À la piscine de quartier où nous aimions nous rendre et que les immeubles alentour n'étranglaient nullement, les activités se partageaient entre les jeux d'eau (plongeons, plongée, bombes giclantes, batailles navales, water-polo) et les jeux sur la terre ferme (course, cache-cache, toboggan, gymnastique), mais l'attraction principale restait le tourniquet dont la forme évoquait certaines roues de torture qui garnissaient autrefois les châteaux forts. Composé d'un plateau en bois surélevé de quelques centimètres du sol à l'intérieur duquel passait un axe métallique terminé par une table en fer sur laquelle on prenait appui pour que le plateau tourne, le tourniquet pouvait accueillir six personnes, soit le nombre de places assises légales, ce qui empêchait rarement l'arrivée de resquilleurs auxquels j'aimais me joindre. Le tourniquet lancé à bonne vitesse, certains visages rougissaient, d'autres pâlissaient ou se décomposaient, mais le plus souvent, on se contentait de tourner au ralenti, ce qui permettait aux plus hardis de prendre une fille sur leurs genoux, audace que j'ai osée quelquefois, mais audace toute relative puisque Romaine, une blonde aux yeux verts qui me froissaient le cœur, ne s'est jamais trouvée sur mes genoux. Je préférais ne pas connaître la joie qu'elle m'aurait donnée en acceptant mon invitation pour ne pas être confronté à la tristesse dans laquelle j'aurais sombré si elle l'avait refusée. Romaine se posait sur les genoux d'autres garçons et d'autres filles se posaient sur les miens. Le tourniquet tournait ainsi sans véritables périls.

De temps à autre, s'organisait le concours de vitesse. Qui supporterait les tours les plus rapides?... Qui serait le roi du tourniquet?... En général, il y avait deux groupes de quatre à six garçons (les filles, si elles avaient quelques raisons d'encourager ce genre d'imbécillité, n'auraient pour rien au monde voulu s'y contraindre). Au sein de chaque groupe, la sélection s'opérait de la même manière: on tournait de plus en plus vite jusqu'à ce qu'un des candidats, les yeux fermés, grimaçant, demande grâce. Assez rapidement, il ne restait qu'un concurrent par groupe. Les deux rescapés s'affrontaient dans une finale qui déclenchait des cris d'enthousiasme et d'admiration, mais aussi des apostrophes et des insultes selon qu'on vous soutenait ou qu'on vous combattait. Ce qui stimulait les désirs de victoire, c'est que le vainqueur avait le droit d'embrasser dix secondes la spectatrice de son choix. Romaine, qui assistait de bonne grâce à ces joutes, avait l'habitude, durant la finale, de sortir d'un sac à main vert une branche de chocolat qu'elle suçotait avec langueur, les yeux fixés sur les ébats des deux derniers rivaux, perdus dans une méditation gourmande. Le chocolat fondait entre ses lèvres, les noircissait, et pour les nettoyer, Romaine possédait un tour de langue qui exerçait sur moi une attraction sans limites…

À plusieurs reprises, j'ai été proclamé roi du tourniquet ! J'aurais pu embrasser Romaine – j'en mourais d'envie – mais là encore, par cette sorte d'orgueil qu'est la timidité, c'est vers d'autres filles que je me dirigeais. Ces excès de désirs me raidissaient. J'ai fini par considérer mon comportement comme lâche, miteux, indigne du roi du tourniquet, et je me suis promis, un matin, qu'à la prochaine victoire, j'irais coûte que coûte vers Romaine et que je lui témoignerais ma préférence en un baiser chargé d'émois. Deux jours plus tard se disputait un tournoi. Romaine figurait parmi les spectatrices. Sans trop d'efforts, je réussissais à me qualifier pour la finale. Restait le face à face fatal. Personne ne connaissait mon adversaire, un étranger au quartier, un Grec de passage avec ses parents dans notre ville, un petit type rondouillard, sans cou, la mine joviale, qui s'était aussitôt intéressé à notre concours et avait voulu y participer. Le Grec n'impressionnait guère. Mais comment était-il parvenu en finale ? Il avait dû user toutes ses résistances pour en arriver là, ou alors les autres, sentant ma détermination, avaient manqué de conviction pour m'affronter. Comme je me trompais ! Le Grec n'avait rien volé. Il était là parce que personne n'avait pu lui tenir tête. Agrippé de ses mains potelées à la table métallique, il ne cessait de relancer le tourniquet à toute allure comme si d'être sur cette fusée tourbillonnante ne lui causait aucune peur et aucun désagrément. Sa mine joviale ne le quittait pas. C'était à en devenir malade ! Le tourniquet avait beau tourner comme jamais il n'avait tourné, comme jamais plus il ne tournerait, le Grec – je le sentais plus que je ne le voyais – était aussi à l'aise que sur le pont d'un bateau de plaisance, sa mine réjouie sculptée dans sa chair un peu molle. Face à un pareil adversaire, le baiser à Romaine resterait imaginaire, d'autant plus que la tête me sonnait et que je n'avais plus la moindre force pour relancer le tourniquet que je rêvais de voir s'arrêter. Le déshonneur de la défaite m'attendait. Qui marquerait les mémoires. Il fallait réagir ! Tenter quelque chose ! Casanova, dans l'histoire de sa vie, s'escrime à distinguer la ruse honnête de la fourberie. Je ne sais si j'ai été un simple fourbe ou un rusé honnête, mais quand j'ai compris mon impossibilité à vaincre le Grec, je me suis placé tout près de lui pour décocher contre son tibia un coup de talon homérique, c'est-à-dire fabuleux, sans réserve, un coup de talon chargé de mon amour pour Romaine, de mon dégoût de cette torture tournoyante, de mon irritation face à ce sourire imprescriptible venu de si loin pour anéantir mes projets. Mieux encore que je ne l'espérais, ce destin forcé a provoqué l'abandon immédiat du Grec qui avait beau adressé à tous des paroles de protestation en se tenant la jambe, personne ne comprenait rien à son charabia. J'ai été déclaré nouveau roi du tourniquet. Un roi chancelant ! Un roi de piètre allure ! J'avais les jambes empesées, le cœur tourneboulé, j'avais deux murs noirs et latéraux qui limitaient mon champ de vision et le rétrécissaient incessamment. Sans réfléchir, mû par une volonté qu'un autre en moi-même m'octroyait, je me suis approché de Romaine, je l'ai embrassée – certainement moins que dix secondes – et j'ai aussitôt su l'impérieuse nécessité de disparaître le plus dignement possible avant que mon statut de roi du tourniquet ne s'effiloche et ne provoque les sarcasmes. Pour me diriger, je n'avais devant moi qu'une bande de lumière de cinq centimètres, aveuglante comme la foudre, grâce à laquelle j'ai pu atteindre le vestiaire, puis les toilettes. Ce baiser de Romaine, si attendu et si excessivement chocolaté, c'est au-dessus d'une cuvette qui sentait le chlore et le pipi que j'ai dû m'en débarrasser.

*

Au fond d'une casserole, j'ai oublié des rondelles de carottes qui se sont transformées en de petits amas noirs et puants. Au fond de cette casserole que j'ai frottée avec obstination, décidé à la conserver coûte que coûte, usant pour cela de plusieurs torchons et d'une patience de maniaque, au fond de cette casserole maintenant terne, griffée, rayée, sans le moindre éclat, je me supporte à merveille, je supporte, qui apparaît et tremble, le spectre incertain de mon visage.

*

Les larmes de ma mère

Quand je suis né, ma mère a eu une crise de larmes. Sur la photographie où on la voit elle et moi, quelques minutes après la naissance, on distingue clairement – malgré le rouge déjà repassé sur les lèvres, malgré le fond de teint déjà replaqué sur les joues – on distingue clairement ses yeux mouillés. Ma mère qui pleure. Qui a pleuré. Les larmes de ma mère. Une naissance de larmes. Je ne sais plus qui a dit *flux effrayant* en regardant la photographie. Dans les poches de sa chemise de nuit en soie, ma mère avait glissé quelques affaires, et dès que l'enfant a été là, c'est-à-dire dès que j'ai été là, avant même de me regarder, avant même de savoir si elle avait mis au monde un beau bébé, un bébé bien portant, sans tares, sans infirmités, ma mère aurait plongé la main dans la poche de sa chemise de nuit pour en sortir une trousse de maquillage. Elle aurait repassé du rouge sur ses lèvres. Elle aurait tamponné ses joues avec un fond de teint sans se préoccuper de ce qui venait de sortir de son ventre, soulagée d'avoir ce poids en moins à traîner avec elle, dans la rue, dans les escaliers, en se levant et en se couchant, ces trois kilos huit cents grammes de chair d'enfant mâle dont elle ne pourrait jamais se défaire malgré les garderies et les mamans de jour, malgré ses déplacements et ses semaines à l'étranger, malgré mon père et la patience de mon père. La crise de larmes aurait eu lieu à ce moment, juste après la première séance de maquillage, un maquillage pour rien puisque tout a coulé, souillant l'honneur de ma mère, lui laissant quelques secondes un visage de folle, un corps dont les membres se raidissaient, s'épuisaient en quelques torsions, comme si des cordes le tiraient de toutes parts, l'écartelaient, assaillaient sa chair rageuse, et à une autre époque, une centaine d'années plus tôt, on se serait empressé et réjoui de photographier ma mère qui elle aussi ornerait ces planches servant à illustrer les théories fumeuses qu'inventaient alors les aliénistes, des images qu'on ne peut s'empêcher de regarder avec un sentiment de trouble, à cause de la beauté inquiétante de ces internées aux râles et aux souffles qui déraisonnent, aux muscles qui tressaillent. En coulant, le maquillage aurait laissé apparaître les joues pâles de ma mère, cette femme forte et sagace, mais obtuse en la circonstance, incapable de se délivrer de son obsession qu'elle aurait essayé d'expulser à travers ce flux de larmes, une obsession qui, il est vrai, devait avoir un poids plus pesant et plus sournois que le bébé dans son ventre, vaincu lui par de simples contractions. Dans les maternités où les mères subissent l'extrême violence avant de s'effondrer de bonheur, si on y entend parfois des cris, à la crise de larmes de ma mère durent se mêler quelques injures dites d'une voix vipérine, comme des détonations impossibles et irrecevables. Et tout cela qui aurait duré peut-être deux minutes. Personne ne s'est permis une remarque quand ma mère s'est maquillée pour la seconde fois, et encore moins le médecin qui connaissait cette femme puisqu'il s'était occupé d'elle lors de ses deux premiers accouchements, cette femme qui rendait risible la beauté des autres femmes, cette femme dont les yeux pouvaient briller d'une fureur funèbre et dissuader toute tentative de recueillement ou de conciliation. Comme l'avait exigé ma mère, mon père attendait dans la chambre dégarnie de fleurs puisqu'elle détestait assister à ces agonies en vase dont l'odeur lui répugnait aussi organiquement que celle de la charogne. Il attendrait jusqu'à ce qu'elle le rejoigne. L'infirmier chef, répétant d'un ton d'horloge les principes du moment, avait cru bon de préciser à ma mère que la présence de mon père serait un soulagement et qu'il pouvait aller le chercher. Ce gentil garçon avait alors découvert combien l'intelligence, la malice, la méchanceté, l'extraordinaire supériorité d'êtres dont on n'aurait jamais soupçonné l'existence, peuvent enflammer des phrases, les transformer en des lanières brûlantes qui claquent sur la peau et y inscrivent des plaies inguérissables afin que jamais on n'oublie, avant d'énoncer n'importe quoi, de réfléchir à qui on a affaire, à qui on s'adresse, de penser par exemple qu'aucune femme n'égale celle qui la suit ou la précède.

La photographie n'a pas été mise dans un album de famille.

Dans les albums, il y en avait de toutes sortes, mais pas celle-ci. J'avais sept ans. La photographie est tombée d'une pochette où elle gisait avec d'anciennes cartes postales. Quelqu'un l'a ramassée et a dit *flux effrayant.* Je suis incapable de savoir si la voix venait d'une femme ou d'un homme, c'était une voix sans sexe, ni haute ni basse, ni lente ni pressée, une voix échappée d'un corps fantôme et qui a seulement dit *flux effrayant,* sans mettre dans ces deux mots une quelconque expression, sûre de détenir une vérité impossible à contester, une voix objective qui avait le ton qu'aurait eu un témoin venant d'assister de son balcon à un accident et qui répondrait en toute confiance à l'interrogatoire que la police lui aurait soumis. Ce *flux effrayant* effrayait par sa force de vérité. Sans que l'autre ne s'y oppose, ou plus vraisemblablement sans qu'il ne puisse s'y opposer, ma mère a pincé la photographie de ses doigts, et d'un sourire qui frappe par sa violence tranquille, elle a précisé : Ne racontons pas de sottises. Et la conversation qui a repris comme si rien (ni la voix sans sexe, ni le « pas de sottises » de ma mère, ni les questions légitimes sur cette photographie tombée on ne savait d'où) n'avait existé, comme si la voix de ma mère, son habileté, son charme, réussissait toujours à empêcher que ne coule une chape de silence juste après ces moments de désagréments durant lesquels des curiosités multiples naissent ou s'aiguisent à moins de les bâillonner au plus vite. Les paroles recouvrent les paroles, les dispersent, les effacent. Celles de ma mère détenaient le pouvoir de ravir, d'enjôler, c'est-à-dire de jeter les avis malvenus dans une cage, une geôle. Je n'écoutais que le bruit des pas qui s'éloignaient de la pièce, j'écartais toutes les impuretés, les rires, les arguments, les mots de plaisance, les histoires vraies, j'entendais seulement la porte du placard s'ouvrir, le couvercle de la poubelle se lever, puis retomber, la porte du placard se fermer, et les pas de ma mère dans l'autre sens, ma mère qui revenait vers nous après s'être débarrassée de cette image qui pourrait inciter, non pas un proche, ou quelqu'un de sensé, mais par mégarde, un innocent, un idiot, à s'interroger, à poser des questions, à vouloir élucider le mystère de *ce flux effrayant*. Elle reviendra et elle aura les mains vides. Quand j'ouvrirai les yeux et que je la regarderai, elle aura les mains vides et rien ne trahira ce qu'elle vient d'exécuter. Pour la deuxième fois, elle me condamne, me bannit, elle condamne le déclencheur du flux effrayant, un fluet de fils bon à jeter à la poubelle, un petit mâle à ignorer à qui rien de cette condamnation ne sera expliqué. Ma mère a rejoint le groupe des invités. Elle plaisante, elle butine d'une personne à l'autre, ma mère qui récolte des sourires, autant chez les grands que chez les petits, ma mère qui porte pour les autres ce masque rayonnant sur lequel le soleil se répand, ma mère dont les lèvres étourdissantes nacrent les mots d'une sensualité sublime, les dotent de chair et de vie. Elle illumine et on la couronne. Personne n'égale sa beauté. J'attendais que son regard vienne se poser sur moi, j'attendais qu'elle prononce des mots pour moi, pour moi seul, une parole d'intimité, rassurante, qu'elle ôte du drame, qu'elle disperse mon effroi, mais ma mère – mère abeille, mère butineuse – ne me distinguait pas, elle m'écartait, elle me poussait hors de son champ, moi comme la photographie, sans existence, jeté ailleurs, dans le noir de la poubelle, avec les mégots et les feuilles de papier ménage, avec le marc de café et les berlingots vides, avec les miettes et les épluchures.

*

Si tu savais, pour te faire plaisir, tous les masques que je porte. Si tu savais tous mes faux sourires, toutes mes fausses paroles. Si tu savais tout cela, tu aurais peur et tu me laisserais seul. Je mange avec tes amis. Je raconte des anecdotes qui les font sourire. Je ne me dérobe pas. Je me dissimule. On se dit qu'on passe une excellente soirée. Moi, je ne me dis rien. Pour te faire plaisir je porte des habits qui ne sont pas les miens. Des habits de fier-à-bras. Des habits d'esthète. Des habits de boxeur. Je n'ai ni la morgue du fier-à-bras, ni le dégoût de l'esthète, ni la force du boxeur. Je peux seulement mettre leurs habits. Seulement pour te faire plaisir.

*

La balançoire

Est-ce parce qu'une partie de la falaise s'est écroulée ? Ou alors quelqu'un a décidé de venir l'installer ici ? Je n'en sais rien. Celui qui a eu l'idée de la balançoire sur la plage doit être mort aujourd'hui : les montants métalliques étaient déjà rouillés, et les chaînes aussi. La peinture rouge résistait par endroits, mais le bois du siège avait noirci. Aussitôt mes habits retirés, mon costume de bain enfilé, je commençais par me balancer, de toutes mes forces, pour arriver le plus haut possible, les pieds dans le ciel, les jambes tendues et droites pour le transpercer, pour atteindre le sommet, l'effleurer, le caresser, et le haut du ciel qui toujours se dérobait, échappait à mes orteils, le haut du ciel comme la cape d'un géant impassible, qui ondoyait, se défilait, le haut du ciel qui aurait pu emporter la plage, la falaise, la mer, l'immensité de tout cela. Ce plaisir du matin n'aurait pu me décevoir. Après quoi, le corps ruisselant, le cœur léger et en vie, je ramassais ma casquette et je restais assis sur la balançoire qui faisait mal aux fesses, qui s'imprimait sur mes fesses, je restais assis des heures, ravi de mon sort, pouvant regarder le plus loin possible, étonné du plaisir que j'avais à regarder ainsi le plus loin possible, hors désirs, les mots à l'arrêt, c'est-à-dire qu'aucun son, aucune idée, ne me traversaient, rien, un vide apaisant, mais pour cela, il fallait que je sois assis là, sur cette balançoire-là ; nulle part ailleurs je n'aurais réussi à trouver ou à retrouver cet état d'abandon, d'ignorance, cet état où je n'attendais rien, même pas le moment où ma mère, de sa voix huppée – une voix d'oiseau rare, précieux, une voix qu'on se serait plutôt attendu à entendre à l'entracte d'un opéra, quand un groupe discute avec entrain et intelligence du spectacle et que soudain, par-dessus cette intelligence et cette pétillance, une voix, un peu trop haute, un peu trop perçante peut-être, assène la remarque juste, un joyau si fin que le reste de la conversation passe pour de la verroterie –, de cette voix-là donc ma mère distribuait à chacun d'entre nous ses deux sandwiches préparés le matin et dont on avait choisi la composition au petit-déjeuner si on peut appeler « choisir » le fait d'énoncer exactement les mêmes ingrédients déjà énoncés le jour auparavant et que l'on énoncera à coup sûr le lendemain tant à cet âge le plaisir passe par la répétition et la reconnaissance. Durant cinq années consécutives, on a vécu dix jours de vacances balnéaires dans le sud de l'Italie, dix jours à demeurer presque exclusivement sur cette plage, la plage à la balançoire, qui devenait notre plage et qui de toute façon ne devait pas attirer grand monde puisque je n'ai aucun souvenir d'avoir dû partager la balançoire avec d'autres enfants. Derrière nous, il y avait la falaise. Je la regardais comme on défie. J'aurais voulu qu'on transporte la balançoire en haut de la falaise, qu'on la dépose au bord du vide, qu'on fixe ses pieds dans la terre afin de la stabiliser, afin qu'aucune tempête ou âme malintentionnée ne puisse la déplacer, j'aurais voulu entendre une voix dire, sur le ton de l'évidence, comme s'il semblait impossible qu'on n'y eût pas pensé plus tôt : Et si on déplaçait la balançoire en haut de la falaise, et que cette remarque folle n'ait en elle nulle folie, mais l'exact contraire, de la raison et de la sagesse. Quelles sensations de peur et de plaisir en survolant alternativement la terre et le vide, en écoutant les grincements de la balançoire tomber dans le vide, et puis reprendre naissance, l'inquiétude autour de ces grincements, du bris possible, le vertige des crissements courroucés qui auraient soufflé sur mon âme, l'écœurant à peine ! À chaque balancement, l'annonce de ma mort, et puis la mort, et puis tout cela qui recommence, les frissons, l'épouvante, l'étreinte de la peur. Avec mon père et mes frères, on aurait pu porter la balançoire là-haut. Mais aucune voix ne se levait. Personne ne prononcerait la phrase magique, et la balançoire resterait là où elle était, à sa place, pour toujours.

Si j'allais dans l'eau, je n'y demeurais guère, le temps de deux ou trois brasses, d'un battement des pieds, j'y allais surtout pour mieux revenir à la balançoire, coller mon corps contre les montants métalliques, sentir ce parfum de chair, d'eau, de fer et de soleil, inconscient du temps qui s'écoulait, saisi par cette odeur qui me rendait le reste enchanteur, c'est-à-dire que j'aurais pu aimer un grain de sable pour ce qu'il était, et que cela aurait suffi. Mes deux frères adoraient la baignade, crier, se lancer un ballon, monter sur les épaules de l'un ou de l'autre, inventer des concours et des règles, gonfler leur poitrine, s'étouffer de fous rires que par éclats le vent nous rapportait. Étendue sur un transat, ma mère lisait des livres de philosophie, assis sur une serviette, mon père des revues spécialisées qui décortiquaient les conflits de la planète, et même ici, à l'abri des craintes, des téléphones, des questions de ses clients, rien ne parvenait à diminuer les deux rides, profondes déjà, qui partaient de l'extrémité intérieure des sourcils et remontaient obliquement pour se rejoindre environ trois centimètres plus haut, ce qui fait que mon père avait en permanence un triangle dessiné sur le bas du front qui lui donnait cet air concerné à cause duquel, même quand il rêvassait, on le croyait prisonnier des réflexions les plus profondes. Moi, je me contentais de la balançoire, de mes balancements. Dix jours comme une éternité où rien ne manquait, rien ne me contrariait. Mon cerveau se dénudait et j'aimais sa nudité. Nu sur la plage, dans les balancements de la balançoire, je vivais cet autre temps, sans menaces, sans ravin, sans chute possible. Hormis le moment du départ définitif qui exigeait de moi un contrôle absolu afin de ne pas pleurer, c'est-à-dire de ne pas m'effondrer en sanglots, de ne pas m'ensorceler, de ne pas abîmer ma tête dans une démence peut-être irréversible, tandis que mes deux frères n'avaient eux rien à dissimuler, que leurs amusements se poursuivraient sous d'autres formes, que rien ne cesserait, rien ne mourrait, hormis donc cet arrachement où la moindre des paroles me blessait, je ne vois qu'un seul élément trouble sur ce canevas limpide, sur ces cinq fois dix jours vécus dans ce sud de l'Italie qui a coulé en moi l'image de l'apaisement et m'a accordé les plus beaux plis d'allégresse jamais égalés. C'est la fin de l'après-midi. Il y a, pas loin de la balançoire, un petit garçon, plus petit que mes deux frères, plus petit que moi, il a un seau bleu et quelques jouets en plastique, il construit une tour avec du sable mouillé. D'où vient-il? Il est là pour la première fois. Il est seul, mais ne s'en effraye pas. Il a de quoi s'occuper. Il a sa tour. Il la décore grâce à une brindille qui lui permet non seulement d'ajouter des fenêtres, des portes, des cannelures, des meurtrières, mais aussi des frises, des arabesques qu'il exécute avec douceur et plaisir. Il aspire par moments des bouffées de vent, ce qui tire la peau de sa poitrine et laisse voir, en transparence, les côtes de sa cage thoracique. Quand il se tourne vers moi, j'approuve les décorations d'un sourire, je lui en suggère de nouvelles, et nous nous comprenons avec nos gestes d'enfants silencieux. Il n'y a aucune rivalité entre nous. On ne se demande rien. Notre raison d'être se réduit à n'être rien d'autre que deux êtres qui sont là et ne se demandent rien. Et cela nous va. Cela nous plaît. Bientôt mes deux frères arrivent. Ils regardent le petit garçon, ils le saluent, ils lui sourient, ils baissent leur tête jusqu'à la poitrine, puis ils regardent la tour qui scintille, puis ils me regardent moi, et avec beaucoup de grâce et de force, ils envoient un coup de pied dans la tour d'or et de sable. Un coup de pied implacable. Un coup de pied qui abolit. Mes deux frères rigolent et courent vers l'eau. Et moi qui mêle mon rire au leur. Moi qui rigole sur les ondes des rires de mes frères tandis que le garçon à la poitrine minuscule part. Sans se retourner. Avec son seau bleu autour de l'épaule. Avec sa démarche de tout petit. Hésitante. Chancelante.

*

Tu dis qu'il vaut la peine de s'intéresser à la croissance des cactus, à l'élevage des lapins, aux nervures sur les feuilles, aux crachats des cachalots, qu'il vaut la peine d'étudier les auteurs, les compositeurs, d'escalader les montagnes, de se coucher sous le sable, de collectionner des amulettes, qu'il vaut la peine de comprendre le mécanisme d'une montre ou de jouer aux Indiens. Tu dis qu'il vaut la peine de te parler et de se dévouer à cette parole. Tu dis encore que seuls les mesquins se taisent et se terrent.

*

La chambre carrée

Elle ne voulait pas qu'on y entre. Sa pièce. Son cabinet. Une chambre carrée pleine de livres où il y avait seulement un fauteuil en cuir rouge et une table basse très longue sur laquelle étaient posés un bol chinois et un vase noir qui contenait un bouquet d'orchidées artificielles que ma mère parfumait plusieurs fois par semaine à l'aide d'un vaporisateur. Mon père ne pénétrait dans la chambre carrée que si ma mère l'occupait et après lui en avoir demandé la permission. Généralement, il n'y pénétrait pas. Quant à nous, ma mère nous aurait tués si on avait osé y mettre un pied. Mes deux frères ne parlaient jamais de la chambre carrée, ils l'ignoraient, l'avaient oubliée, ils ne lui consacraient aucun regard, aucune discussion, sans que je sache si je devais attribuer leur comportement à de l'indifférence ou à une sorte de sagesse. Moi, quand je passais devant la chambre carrée, je ne pouvais m'empêcher de ralentir. Même si j'avais décidé de marcher plus vite, ou de courir, dès que j'approchais de la porte, je ralentissais, victime d'une force, d'une main qui se posait sur ma poitrine et la retenait, compliquait ma course, m'obligeait même à devoir passer par l'autre côté de l'appartement pour accéder à ma chambre. Par mégarde ou par vice, ma mère laissait parfois la porte de son temple entrouverte, et je l'ai souvent vue, assise sur le fauteuil, ses jambes étirées devant elle, ou alors repliées sous elle, lisant, toujours lisant, comme si ce qu'elle avait là entre les mains détenait le pouvoir de l'arracher au monde, comme si un livre pouvait saisir ma mère et l'emporter ailleurs, dans un monde créé pour elle, un monde qui m'était fermé, que j'admirais et que je jalousais, un monde qui avait, pour ma mère, la vertu d'effacer le temps, la ville, les sonneries du téléphone, les louanges ou les imprécations des simples vivants. À travers l'ouverture de la porte, je pouvais la regarder vingt ou vingt-cinq minutes sans qu'elle ne s'aperçoive de ma présence, ce qui tout à la fois me réjouissait (je voyais ma mère qui ne me voyait pas) et me désolait (je mesurais mon impuissance à susciter son intérêt, à rivaliser contre ces présences supérieures qui avaient justifié que ma mère leur érige un sanctuaire, un lieu inaccessible aux inférieurs et aux profanes, un lieu pour elle seule que les caresses de mon œil sur sa chair ne parvenaient à obscurcir). Je demeurais fasciné par le mouvement de ses yeux sur les pages, ces allers et retours vifs, ces déplacements nerveux qui n'étaient pas loin de m'hypnotiser, et les mots, mus par je ne sais quelle puissance, s'animaient, prenaient corps, quittaient leurs lignes, quittaient le livre, entraient dans les yeux de ma mère, les traversaient, se répandaient en elle, coulaient en son sang, des mots qui, comme une sève, la maintenaient en vie, la nourrissaient, entretenaient sa beauté rageuse, ses sourires que je cherchais à déchiffrer, consolidaient son intelligence, tout au moins une des facettes de son intelligence, la plus visible, la moins tendre, celle qui vous confond, vous châtie, celle qui n'a peine à vous déchoir. D'une seule chose, j'acquérais la certitude : sans ses mots ma mère se désolerait, mourrait au monde. Je pensais aux deux estagnons d'essence posés sur l'étagère du garage, je pensais aux nombreuses boîtes d'allumettes que mon père achetait dans un kiosque de la rue et sur lesquelles étaient imprimés les principaux costumes folkloriques du pays. Oserai-je gonfler mon âme de sauvagerie, brûler un livre et le jeter dans la bibliothèque ?... Oserai-je frapper, lancer un assaut contre les mélodies extatiques qui se succédaient dans la chambre carrée ?...

Dès que ma mère m'apercevait à travers l'ouverture de la porte, son regard me fixait quelques secondes avec intensité, mais soudain, comme une toupie qui tourne à merveille et heurte un obstacle qui tue sa danse, l'intensité s'en allait tandis que le regard notifiait l'élément vaguement parasitaire que j'incarnais. Je m'enfuyais au plus vite.

*

Par exemple lors d'un trajet en train. Je peux parler d'un sujet qui t'intéresse, qui te tient à cœur, un sujet qui peut te garder éveillée la vie entière. Et de ce sujet j'en parle sans relâche, et avec justesse, parce que je me fie à mes perceptions. Mes perceptions ne doivent rien à personne. C'est là une force. Pas une intelligence. Donc tu m'écoutes. Mais voilà ce que tu n'imaginais pas : les mots qui se mélangent dans ma bouche, mon corps qui tremble, mon nez qui saigne, mes os qui frappent, et le monde qui m'exaspère, et les bafouillages, et les lèvres qui s'agitent pour rien, et les dents qui claquent, et en fin de compte le silence qui s'étale, malade, répugnant, le silence qui se couche comme un corps sur une table d'opérations, se livre à des mains étrangères. Et cela qui arrive à toute vitesse, en quelques secondes. Suit alors la peur de recommencer à parler, pendant plusieurs jours la peur de ne pouvoir achever une phrase, d'un mot qui m'achève, la peur de dire les choses les plus faciles, comme de demander un carnet de timbres à l'employé postal ou un kilo d'artichauts au maraîcher. Et puis vivre avec cette peur.

*

Le couteau à viande

Comment oublier la brusquerie qui a fait que ma voix, d'un jour à l'autre, a subi les pires distorsions, montant, descendant, se brisant sur une phrase ou sur un seul mot, chutant dans les graves, repartant avec fulgurance dans les aigus, et tout cela sans crier gare, sans laisser un temps d'adaptation, une stratégie de combat, comme s'il fallait saisir la proie par surprise, lui serrer la gorge avant même qu'elle n'esquisse un geste de défense, qu'elle ne dresse un plan de réactions, qu'elle ne trouve une perche pour affronter les trous noirs et les déséquilibres ? Ces variations sonores m'échappaient et réduisaient à peu les efforts tentés pour que le timbre de ma voix se stabilise, pour que je ne sois pas réduit à ne plus parler, à exprimer mes sentiments par sourire et par mimique, à devoir admettre que l'infini des sensations se réduise à deux catégories aussi grotesques que « bien » et « pas bien ». Ces caprices de ma voix provoquaient en classe quelques rires, quelques moqueries, surtout de la part des filles qui, la plupart du temps pouffantes et ricanantes, mais profondément indignées, devaient trouver juste d'adresser un châtiment à celui qui avait le mauvais goût de rendre risibles les transformations qui assaillent la chair des jeunes adolescents quand il aurait fallu affirmer ces mues vaillantes, héroïques, comme l'avait compris un camarade de classe qui, après la séance de gymnastique, au moment de la douche rendue obligatoire par le règlement et par notre professeur, un capitaine d'armée pour qui l'hygiène et le respect du règlement appartenaient à un monde inviolable qu'aucun argument venu d'un élève, c'est-à-dire d'un inférieur, d'un être hiérarchiquement soumis au devoir d'obéissance, n'aurait pu infléchir, ce camarade de classe donc, ravi lui de la douche obligatoire, du règlement et de son application sans réserve, se rengorgeait, écartait les épaules, dressait la tête et arpentait de long en large le vestiaire afin que chacun puisse constater une nouvelle fois l'impressionnante touffe noire qui fleurissait au-dessus de son sexe, fourré obscur qui nous narguait, nous tenait en respect, nous renvoyait à notre sort de *minus habens*, de poupon et de gredin glabre. J'aurais donné cher pour hériter d'un peu de l'aplomb et du panache canaille de ce camarade qui n'était pas qu'un gorille et qui s'amusait à nous appeler – depuis qu'il avait découvert la valeur du « a » privatif – non pas des bêtes à poils mais « a-poil ».

Et nous nous en amusions.

Le soir, à table, tous réunis pour manger les repas équilibrés que préparait ma mère, était le moment où cette mue s'avérait douloureuse, pas tellement en raison des sourires que personne ne retenait dès que ma voix, comme une pièce qui lâche, un câble qui casse, me trahissait – sourires auxquels je prenais part de bon cœur –, mais à cause de cet instant imprévisible où ma mère, redevenue grave, la lèvre supérieure à peine palpitante, les ailes du nez plus creuses que d'ordinaire (elles aussi à peine palpitantes) se tournait vers mon père, et d'une voix sans appel, d'une voix qui accule, qui administre les maux comme des coups de batte, ma mère disait : Arrange-toi chéri pour qu'il se taise !

Et je me taisais.

Brisé par la honte et la haine, mais les yeux rivés sur la lame de mon couteau, je me taisais en poussant pour la première fois des cris muets de rage et de vengeance. Puis les cris dans ma tête diminuaient, disparaissaient au fur et à mesure que la lame du couteau grossissait, prenait toute la place, débarrassait ma souffrance. Dans la chape de silence qui me capitonnait, je n'entendais plus qu'une coupure lisse, sans heurts, infaillible, je sentais la facilité, la docilité avec laquelle cette lame du couteau s'enfonçait dans la viande, et j'aurais voulu être ce couteau, cette lame, j'aurais voulu avoir son tranchant, sa brillance, pouvoir blesser, dépecer, fouailler, assassiner, et je me serais soulevé de la table, envolé à l'abri des regards, et au moment où ma mère, bouche entrouverte, aurait prononcé la condamnation, je me serais d'abord glissé entre ses lèvres d'intouchable, puis entre ses dents crissantes, puis j'aurais écarté la mâchoire inférieure de la mâchoire supérieure, et à l'instant où elle aurait voulu crier (pour demander de l'aide ou pour me dissuader), d'un coup net, d'un coup de prestidigitateur, j'aurais sectionné sa belle langue rose qui serait tombée dans l'assiette, d'abord frétillante comme un poisson sorti de l'eau, mais vite inerte, perdant sa teinte, sa superbe, se ratatinant comme une chair bouillie qui se fige dans le gris des cadavres et qu'on jette, dans un geste d'évidence, aux chiens.

*

Je ne péris pas ! Je peux écrire des lettres de réclamation, ou de recommandation. Je peux mettre toutes mes forces à défendre un livre, ou un homme. Je peux conseiller, réconforter, rire, lancer des piques. Je peux prendre part avec fureur ou avec intelligence. Je peux remplir mes occupations professionnelles et exécuter des tâches ménagères. Je peux feuilleter sans dégoût des catalogues d'agences de voyages. Je peux même, sans blêmir, réserver deux billets d'avion pour un *week-end de rêve et d'aventure dans la cité des Doges.*

*

Les fléchettes

Il les enroulait dans un sachet qu'il enfonçait dans sa poche. Nous n'avions pas de jeu de fléchettes à la maison, nous avions seulement ces deux fléchettes : la rouge et la verte. Pendant presque deux ans, à raison peut-être d'une fois toutes les trois semaines, nous partions mon père et moi sans que mes frères ou ma mère ne nous accompagnent. Nous sortions de la ville par le nord pour accéder à l'une des nombreuses forêts de la région. L'annonce de ces évasions sylvestres me réjouissait même si, au moment de fermer la porte de l'appartement, un poids m'alourdissait les épaules, comme le spectre d'une mauvaise conscience qui aurait voulu m'attendrir mais que je parvenais à dissiper en me jetant dans les escaliers de l'immeuble pour arriver essoufflé en bas juste quelques secondes avant l'ascenseur, ce qui me permettait de jouer au groom et d'ouvrir la porte à mon père tout en lui tendant une main déférente à l'intérieur de laquelle il ne manquait jamais de déposer une pièce de monnaie. Durant le trajet, dès qu'il était au volant de la voiture, mon père souriait, comme si cette route qui nous conduisait à la forêt, quels que fussent le temps ou la saison, possédait la vertu (contrairement aux ordonnances de médecins spécialisés qu'il visitait parfois de mauvaise grâce) de le consoler, de lui ôter toute fatigue et toute tristesse, d'éparpiller les journées inutiles, les banalités et les antagonismes. Nous arrivions toujours au même endroit, là où nous laissions la voiture, sous un hêtre légèrement isolé qui surplombait la route. Mon père marchait devant et je me réjouissais de ses comportements déraisonnables qui avaient la sagesse de bannir les crises politiques et les indices boursiers auxquels il avait bien tenté une ou deux fois, sans conviction, de m'intéresser. À peine entrés à l'intérieur de la forêt, à l'abri des principes qui étouffent, des préceptes qui assomment, comme deux fous, deux singes, deux rebelles à la décence, nous donnions des coups de pied contre l'écorce des arbres, arrachions de la mousse que nous entassions, lancions des feuilles au-dessus de nos têtes, courions, chantions, soufflions dans une branche, ouvrions la bouche pour tout dévorer, dessinions avec nos pieds des entrelacs sur le sol, nous inventions des dangers, des ennemis, des batailles, des monstres à vaincre, d'autres à sauver (sans les connaître, je distinguais des harpies, des licornes, des phénix, des griffons, des sphinx, d'autres hybrides inquiétants), nous invoquions les âmes de la forêt, leur offrions notre joie, nous rugissions jusqu'à ce que les veines de nos tempes nous sanglent la tête, nous obligent à nous arrêter pour que reviennent un peu de calme, un peu de sérénité. Assis sur une branche, nous écoutions les bruits du lieu, nous les laissions s'approcher, nous envoûter, mais pas trop fort et pas trop longtemps, et avant que les mystères ne nous tourmentent, que l'angoisse ne nous aborde, mon père sortait du sachet les deux fléchettes, il les brandissait sous mes yeux, me laissait le choix entre la rouge et la verte, désignait d'un mot ou d'un regard la première cible à atteindre. Nous avions l'adresse des flibustiers, la chance des flambeurs. Nos fléchettes se plantaient sur des pives, des troncs, des souches, sur une racine, un nœud, un embranchement, elles touchaient le plus souvent le but que nous leur avions assigné. Ainsi se poursuivait notre marche, de cible en cible, d'exploits en points perdus, de soupirs en points marqués, jusqu'à ce que nous arrivions à une petite ferme bordée à chaque angle d'un mélèze, une maison couverte de bardeaux sur trois de ses façades, une maison qui devait aussi servir d'auberge puisqu'une enseigne d'un autre temps laissait voir, dessinés de manière schématique, un lit et des couverts. Il était rare que nous y rencontrions des visiteurs et s'il y en avait – ce qui est peut-être arrivé trois fois –, ils ne s'attardaient pas et se volatilisaient, du moins le temps que durait notre visite. En général, les deux femmes qui vivaient ici (Floriane et Régine) étaient seules. Elles nous accueillaient en nous serrant dans leurs bras, comme des familiers, des proches dont on espère la visite. Elles nous apportaient à boire et des fruits de saison, des prunes, des groseilles, des myrtilles, des abricots, des cerises, des pommes, des poires, et parfois même quelques fraises des bois que j'écrasais une à une entre mes lèvres, retardant le moment de les avaler, heureux de garder dans le palais ce que je n'aurais pas hésité à décréter – séduit comme les enfants de mon âge par les formules hyperboliques – le goût le meilleur du monde. J'aimais ces deux femmes à la pâleur mate, aux hanches marquées, aux blouses fines et serrées, j'aimais entendre leurs voix sans prétention quand elles me racontaient des histoires d'animaux ou qu'elles me parlaient avec des mots colorés des fleurs et des plantes qu'elles cultivaient. Si les deux femmes se ressemblaient beaucoup (mêmes mains élancées, même bouche généreuse, même démarche, mêmes petites secousses qui fermaient parfois leurs paupières), pour moi, c'était d'abord par les seins qu'elles étaient sœurs, et après m'être désaltéré, je n'attendais qu'une chose, que mon père disparaisse avec l'une ou l'autre de ces deux femmes pour que je puisse m'allonger sur le banc, la tête posée sur les jambes de Floriane ou de Régine, les yeux entr'ouverts, aux portes de l'endormissement, avec juste au-dessus de moi ces deux mamelons que je contemplais comme une chair sublime, un lieu de réjouissances sans égal que je n'avais à partager avec personne. Et que dire des moments suprêmes et nombreux où, prenant ou déposant sur la table un quelconque objet, Floriane ou Régine penchait son corps en avant, que les tétons m'effleuraient, que les seins se déposaient sur mon visage en une délicieuse asphyxie ? Tout cela (ce moment intermédiaire, la vue des seins au-dessus de moi, le contact de ces seins, les histoires racontées) me procurait une quiétude béate durant laquelle n'existaient que le plaisir d'être en vie et la volonté que cette vie se prolonge. La voix de mon père qui descendait de l'étage me ramenait à la réalité. Une réalité plus douce. Plus enviable. Avant de partir, Floriane et Régine nous embrassaient. Le retour à la voiture se déroulait sans jeux et sans paroles. Ni je ne regardais mon père, ni mon père ne me regardait. Nous tenions seulement l'une dans l'autre, chaudes et haletantes, nos mains complices.

*

Tant de mots dont il faudrait se passer. On les entend ici ou là, on les trouve écrits n'importe où, dans les journaux qui ne servent plus à rien, sur les affiches qui ne sont belles que lacérées. L'horreur et l'obscénité juchées en haut des cimes, qui règnent sans égard, depuis peu t'effraient et t'indignent.

*

Les orchidées

À cause d'un mal qui me tordait le ventre, j'avais quitté l'école en pleine après-midi, envahi par la crainte et l'odeur de mon corps qui ruisselait. Depuis qu'un camarade de classe avait été opéré et que le chirurgien avait ressorti de son ventre une touffe de poils, une dent et un début d'oreille, en passant la main sur mon propre ventre, en le palpant, en le pinçant, j'avais la certitude d'y sentir, non pas des éléments organiques, mais des bouts de métal (vis, bagues, bracelets de montre, pièces de monnaie, écrous) en train de rouiller parmi mes intestins, de les percer, de les jaunir, de les infecter de la pire des manières, de me conduire à une mort par empoisonnement que l'on pourrait peut-être éviter en pratiquant une éviscération, mot que j'avais appris à connaître depuis que nous avions vu, à Rome, grâce aux relations de mon père, un tableau qui représente le martyre de saint Érasme peint par Orazio Borgianni. En quittant la classe, j'acquérais la certitude que je devrais souffrir la même peine si je voulais être sauvé. Je voyais saint Érasme couché sur le dos, le ventre ouvert, les bras collés le long du corps, je voyais les trois tortionnaires qui s'appliquent à enrouler ses intestins autour d'un treuil, des mètres de viscères sanguinolents qui contrastent avec sa pâleur de cadavre, alors qu'il est bien en vie, alors que sa bouche implore, alors que ses mains noircies se tendent comme pour retenir la douleur, la supporter encore, la vaincre peut-être. Ce qui le tuait me maintiendrait en vie. Mes incartades, tant imaginaires que viscérales, ne devaient pas durer longtemps : vingt minutes de marche à la lumière du grand jour et la vue d'étourneaux qui piquetaient le ciel étaient parvenues à les disperser sans violence.

L'appartement aurait dû être vide.

À peine à l'intérieur, en frôlant de l'index la statue yéménite, j'ai entendu des gémissements, de petits sanglots qui éveillaient autant l'inquiétude que la curiosité. Sans rythme, la voix pouvait s'emballer, tressauter, puis s'arrêter quelques secondes, surgir, ou repartir en douceur, s'intensifier, s'apaiser, rebondir par bouffées. Cette voix que je devinais s'échapper de la gorge de ma mère disait tout aussi bien les délices et les détresses, les dégoûts et les plaisirs. Comme d'une zone inconnue, d'un terrain plein de pièges où il faut avancer avec légèreté, avec la grâce de l'esquive, la souplesse des voltigeurs, je me suis approché de la source des sons. La porte de la chambre carrée n'était pas fermée. Pour élucider le mystère, il suffisait d'oser la pousser. Du bout des doigts, oubliant les interdits, les menaces qui nous perturbent, au nom d'une force qui exige, j'ai poussé la porte. Ma mère, allongée en chien de fusil sur la table basse, avec une main qui remontait sa jupe jusqu'en haut des cuisses, une main qui allait se plaquer contre son sexe, comme collée, ventousée, impossible à enlever de là, ma mère se lovait, se tortillait, serrait ses jambes avec violence, la main toujours insécable de son sexe pendant que les doigts de son autre main, écartés, pressaient la chair des seins, descendaient jusqu'au ventre, revenaient à la poitrine, et tout cela (la main fixe et la main mobile, le corps qui se convulse) provoquait ces râles aux humeurs changeantes, de l'extase à l'angoisse, de l'oppression à l'émerveillement. J'avais pour ce corps, pour ma mère, une attirance que je réfrénais, et je souffrais de ne pouvoir savourer aussi bien que je l'aurais voulu ce spectacle destiné à personne. Autour de ma mère gisaient des centaines de livres, ouverts ou fermés, certains posés sur leur tranche, avec, répandus de-ci de-là, comme des éclats de noir sur le blanc des couvertures, les orchidées artificielles.

*

On dresse la liste de ses possessions et on s'octroie un peu de réconfort. Si mes facultés étaient stables, je pourrais inventorier mes propriétés. J'apprendrais ce qui me manque. Je voudrais posséder des jumelles à la place des yeux. Je verrais ton visage dans les détails. Je verrais à tes dépens la moindre de ses inflexions. Je connaîtrais les inflexions du monde. Avec cela, peut-être qu'on respire moins mal.

*

Pourquoi se débarrasser de la seule photographie qui nous montre ensemble, elle et moi?... Il n'y en a pas d'autres. J'ai regardé tous les albums, photographie après photographie, celle du *flux effrayant* est la seule où nous ne soyons que les deux. Elle n'aura pas fait cela à la légère, elle aura voulu que cette photographie disparaisse. Comment dormir avec une telle idée?... J'ai fermé les yeux et j'ai vu le moment où ma mère, le pied sur la manette qui ouvre le couvercle de la poubelle, a jeté la photographie, la photographie d'elle et de moi, ma mère qui pleure dans ce trou à ordures, ma mère et moi balancés demain matin dans le conteneur à ordures, puis déversés dans le camion à ordures, puis dans la décharge, ma mère et moi mêlés à des tonnes de rebuts qui s'agrippent à nous, nous emportent, nous séparent, nous déchirent, et puis plus rien: le feu, la destruction, les cendres, l'oubli. Il fallait dévier ce destin. Les pieds nus, tremblotant, craignant le craquement des lames du plancher ou le souffle des vitres, j'avançais dans le salon comme un dévot que son dieu appelle. Je voulais que les bruits se collent à moi, n'aillent pas plus loin, je voulais étouffer les bruits, les tuer contre ma peau, je voulais encore perdre substance, m'alléger, être réduit à une ombre, une silhouette. Le corps invisible, la poitrine aplatie, terrorisé par les objets qui prennent possession de la nuit, lui donnent du poids, les objets qui vivent et envoûtent, je suis resté longtemps au milieu de la pièce, immobile, dans l'espoir qu'une étoile s'enflamme, que la maison s'envole, que ma mère surgisse, pieds nus elle aussi, les seins haletants sous la chemise de nuit, un peu de salive au coin des lèvres, respirant fort, les narines tressautant avec nervosité, ma mère qui se serait soudain souvenue d'avoir commis une bêtise, une distraction à réparer au plus vite, même en pleine nuit, afin que le sommeil et la bonne santé reviennent, afin qu'aucune discorde n'arrache son âme, ne la traîne sur des sillons qui enlaidissent. Ma mère se précipite sur la poubelle, soulève le couvercle, s'agenouille, affronte à la sourde puanteur, remue les restes de la soirée, ressort enfin la photographie qu'elle pince de ses ongles encore peints. Elle sourit parce qu'elle vient d'écarter les maléfices. Elle m'aperçoit dans un coin du salon. Elle oublie de demander ce que je fabrique ici, à cette heure-ci. Elle me serre dans ses bras qui enroulent ma nuque, se déploient dans mon dos. Sa voix dit: Regarde ! J'ai failli perdre notre photographie ! Et elle m'embrassera sur les joues, sur la bouche, sur les oreilles, dans le cou, sur les paupières, elle m'embrassera de ses lèvres aimantes, des baisers qui parfument le corps, effacent les peurs, pour que je me sente étendu à l'orée d'un bois, ne percevant que le souffle du vent sur les feuillages et le souffle de ma mère qui repousse les méprises. Un silence infini… Rien ne bougeait au milieu de la pièce. Juste la pesanteur des objets dans la nuit. J'ai traversé le salon d'une traite. Quand j'ai ouvert la poubelle, à la place du sac d'immondices, il y avait un autre sac. J'avais beau enfoncer ma main, la passer et la repasser de tous les côtés, je ne découvrais rien. Les doigts sous mes narines n'avaient que l'odeur nette et dissolvante des sacs poubelle propres.

*

Toi qui prétends me connaître, dis-moi, alors que rien ne le laisse présager, alors que rien ne nous oppresse et qu'il y a du plaisir à être là, dis-moi pourquoi, tandis qu'une conversation s'amorce, j'ai soudain tant de bonnes raisons pour souhaiter qu'elle s'achève ?… Pourquoi, quand je vois une personne secouer un drap blanc à la fenêtre, je pense à l'évidence qu'elle cherche à se rendre ?… Dis-moi aussi pourquoi les cloches qui sonnent sont signes d'allégresse et de fraîcheur pour certains, agressions, glas, marches à la mort pour d'autres ?…

*

Un, trois, cinq ou dix mètres, on pouvait, selon son courage et ses envies, choisir la hauteur. Personne ne contestait leur supériorité. Mes deux frères, qui ne se lassaient pas de monter sur le plus haut des plongeoirs, élaboraient des figures audacieuses, ou incongrues. Chaque fois qu'ils prenaient de l'élan sur la planche pour se propulser dans les airs, je frémissais d'admiration en touchant de loin leur joie vigoureuse. J'avais eu l'idée, en les observant, de prendre avec moi un bloc de papier et un crayon pour les dessiner en train d'exécuter les figures qui me plaisaient le plus. Je décomposais leurs mouvements pour représenter au mieux, étape après étape, le déroulement du saut. En découvrant mes dessins, mes frères se sont sentis flattés. Grâce à ces croquis, ils voyaient mieux où intervenir, comment améliorer leurs figures, en concevoir de plus subtiles. Nous introduisions un geste nouveau, par exemple une rotation de la main, ou de la tête, éléments dont je prenais note pour que nous en discutions, histoire d'inventer le plongeon parfait. Jamais nous n'avons formé une équipe aussi homogène, à l'écoute les uns des autres, délivrée de toute influence, avec comme seul univers ce saut à embellir. Nous approchions du but. Ne restait qu'une zone d'ombre : la manière de placer un bras dans le bas du dos. Mes frères exécutaient mal ce placement et doutaient de son intérêt. Mes dessins n'étaient plus d'aucun secours. Pour moi, ce placement, c'était la clé de l'équilibre, l'ultime geste qui signerait notre réussite. On devait coûte que coûte y parvenir !

Comme je devinais que mes frères négligeraient ce qu'ils commençaient à prendre pour un caprice de ma part, je me suis résolu à monter sur le plongeoir, non pas pour réaliser le plongeon – j'en aurais été incapable – mais pour leur montrer la légèreté harmonieuse du placement du bras tel que je le souhaitais.

Coincé à l'extrémité de la planche, j'ai regretté cette initiative qui ne permettait aucune marche arrière, à moins de se dédire lamentablement. Je me suis concentré sur ma *mission*, j'ai même par défi sauté sur la planche, je me suis envolé en l'air, j'ai peut-être placé mon bras comme il le fallait, mais je suis arrivé dans l'eau, non pas la tête la première, mais sur les fesses, avec les jambes à l'horizontale, réalisant une variante de ce qu'on appelle avec sarcasme et dédain *un plat*. C'est la façon la plus bruyante, la plus brutale et la plus douloureuse de pénétrer dans l'eau. En sortant du bassin, j'entendais mal les rires de mes frères, mal aussi la voix du maître nageur qui prenait de mes nouvelles. Ma tête pleine d'eau étouffait les sons. Je sentais une douleur tranchante dans le bas-ventre, comme si mes testicules s'étaient retournés, étaient entrés en moi, sensation angoissante qui exigeait un repli vers le seul endroit paisible, mais entaché d'un souvenir fâcheux : les toilettes. Des conjectures déboulaient dans ma tête, ruisselaient, s'entremêlaient, disparaissaient, laissaient toute la place au mal, revenaient. Je voyais déjà le sang. Un hachis de chair. Cette horreur compactée là, dans l'entrejambe du costume de bain, visqueuse et grouillante. Parvenu dans les toilettes, je suis d'abord resté figé dans une stupeur atone, puis, les yeux fermés, comme s'il s'agissait de retirer le pansement d'une plaie purulente, j'ai ôté le costume de bain. Il fallait maintenant ouvrir les yeux. Faire face. Le spectacle divergeait de celui imaginé : les deux testicules ne formaient qu'une seule boule dont la peau, d'un rose translucide, se tendait à l'extrême. Tremblant, je regardais cette boule, laide comme les sacs vocaux qui se gonflent quand les crapauds coassent, mais ici, la peau était si fine qu'une brindille aurait perforé cette fleur de nénuphar. J'attendais la catastrophe en silence, qui pouvait prendre deux formes : soit le testicule éclaterait comme un ballon, soit il se dégonflerait comme une chambre à air. Dans le premier cas, la douleur serait vive mais rapide, dans le second, atténuée mais longue. Je n'osais m'asseoir. Je n'osais bouger. Je restais debout, les jambes légèrement écartées, le regard terrorisé par le désastre à venir. Les conséquences de cette chute dans l'eau me sautaient à la figure : stérilité, claudication, chasteté, honte, ascétisme forcé, fuite dans le désert, misère de vivre, aigreur. Pour échapper à ce destin amer, il fallait songer à la mort, c'est-à-dire au suicide. Pour la première fois, je l'ai envisagé, cherchant dans mes lectures des récits de morts volontaires que je saurais imiter. Cette quête a dû m'occuper un temps suffisamment long pour que je doive soudain admettre que l'état de la boule demeurait stationnaire. Et si la sensation de la douleur persistait, la douleur elle-même tendait à diminuer.

Je suis rentré à la maison vaille que vaille, je me suis calfeutré dans ma chambre et j'ai osé m'endormir. Des chants lugubres de batraciens et des visions de veines coupées accompagnaient ma glissade dans le sommeil. Au réveil, je me sentais un peu mieux, le corps plus calme. Il fallait baisser le pyjama. À nouveau regarder. À nouveau faire face ! Je me suis promis, si le repos avait guéri mon mal, de ne plus jamais vouloir convaincre qui que ce soit d'agir contre son sentiment. Et depuis ce « plat » parfait, malgré les envies et les démangeaisons, j'ai tenu promesse !

*

Au printemps, un poète que j'aime voit trois roses. Les trois premières. Et ces trois roses réveillent son ardeur. Il abandonne tout et il part pour accompagner le printemps qui arrive. Ce poète est capable de cela. Pas de quoi s'enorgueillir. Pas de quoi revendiquer des honneurs. Aujourd'hui, cent ans plus tard, le printemps est là. Et moi aussi je vois les premières roses. Et je pense à ce poète. Et je pense à partir. Mais je ne pars pas.

*

La main

Mon père s'intéressait peu à l'art, ou distraitement, parce qu'une affaire l'y obligeait, parce qu'une servitude l'y contraignait. S'il lisait parfois un livre (jamais de romans ni de poésies), c'était un livre d'histoire, et ce livre, on le voyait traîner quelques semaines sur un fauteuil ou sur la table du salon, le titre écrit en lettres bien visibles, comme s'il fallait que le lecteur n'oublie pas l'importance, la grandeur, ou la grandiloquence du sujet auquel on l'associait, comme par exemple *La Vie de Catherine de Médicis*, ou *Les Derniers Jours d'Alexandre Le Grand*, ou *L'Influence de Mme de Maintenon sur Louis XIV*, ou *L'Ésotérisme de Philippe II*, ou encore *La Gloire de Tamerlan*, des livres épais aux couvertures imagées à partir desquelles je m'inventais de petites histoires pas moins farfelues que celles de la réalité que j'ignorais. Cette connaissance de l'histoire qu'acquérait mon père, même peinte à gros traits, n'avait rien d'une feinte ou d'une pose mondaine. Les hommes et les femmes illustres l'intéressaient vraiment, et s'il en avait eu le temps et le talent, il aurait aimé devenir un nouveau Plutarque.

Mon père ne visitait jamais d'expositions (les œuvres que nous possédions avaient toutes été achetées par ma mère), il n'allait que rarement dans une salle de concert – il s'y endormait après dix minutes – et encore plus rarement écouter une pièce de théâtre (même si cela n'avait pas toujours été le cas et même s'il nous accompagnait parfois). Le problème ne venait pas tant du théâtre en soi, mais des comédiens. Mon père avait pour eux une méfiance et un dégoût qui auraient fait de lui un critique avisé tant il détectait vite les effets, ou les contre-effets, ou les contre contre-effets que chaque acteur déploie, ou décline, pour que le public l'aime et l'estime. Despote d'un pays, mon père aurait rétabli la fosse commune pour les comédiens s'il avait été capable de mépriser la vie comme les puissants la méprisent.

Une fin d'après-midi, mon père est arrivé à la maison avec un objet encombrant qu'il a déposé au milieu du salon en même temps qu'il nous appelait. Les rares excentricités dont il se rendait coupable réjouissaient ses trois fils et gênaient ma mère qui se parait en ces circonstances d'un sourire charitable parce qu'elle savait que les désagréments ne duraient pas et qu'elle remettrait les choses à leur place dès que nous aurions le dos tourné. D'une voix engageante, mon père disait: Un truc génial! Je l'ai acheté dans une galerie d'art...

Il souriait de générosité.

Je pensais qu'il était bon de voir mon père ainsi, loin des tracas et des ennuis qui constituent l'essentiel de la vie des adultes: les devoirs, les économies, l'avenir des enfants, l'angoisse de l'inconnu, les procès d'intention, l'espoir des honneurs, l'équilibre familial, l'attente des félicitations, les illusions placées sous silence, toutes ces petites escroqueries pour lesquelles on accepte de vivre avec un mors aux dents alors que le monde mérite qu'on en parle, qu'on en débatte, alors que rien n'est simple, que rien n'est naturel, à moins d'atteindre l'état rare de contemplation qui, s'il n'a avec lui rien à voir, ressemble à l'état de stupidité lisse dans lequel s'amenuisent tant d'hommes et tant de femmes. Et les possibles transgressions, toujours classiques et conformes, n'y changeront rien!

La caisse amenée par mon père ressemblait en fait à une sorte de socle constitué de deux matières: du fer pour la partie du bas, du plexiglas pour la partie du haut, la plus importante. Nous étions perplexes: à l'intérieur du socle, du sable arrivait à la lisière de la partie métallique. Nous ne distinguions rien d'autre que ce sable. Mon père, excité par son achat et la surprise qu'il nous réservait, a maintenu quelques secondes un doigt sur un bouton que nul n'avait remarqué. Un bruit régulier et mécanique a commencé. On a vu le sable trembler, remuer, on a vu des secousses dessiner des orbes, et quelque chose est sorti du sable, très lentement, que nous cherchions à identifier, jusqu'à ce que nous reconnaissions une main fermée, un poing, et cette main si réelle s'élevait, et tandis qu'elle s'élevait, les doigts se dépliaient, s'écartaient, et la main tournait sur elle-même, d'abord confiante, à la recherche d'un objet à saisir, d'une autre main à prendre, et au moment où on sentait qu'elle aurait pu s'emparer de cet objet ou de cet autre invisible, la main, face au vide, se raidissait, comme figée par le temps de la révélation douloureuse, puis elle fléchissait, et enfin redescendait en retrouvant sa position initiale de poing fermé avant de disparaître sous le sable. Nous étions enchantés ! Un objet pareil m'empêcherait de dormir ! Mon père se félicitait de notre accueil, relançait le mécanisme. Seule ma mère ne disait rien. Je ne pouvais savoir à quel point elle trouvait cette œuvre lamentable, à quel point elle jugeait encore une fois frustes les goûts de mon père, mais ce que je savais, c'est qu'elle refusait – au nom de sa culture, de son goût exquis, de son esprit d'extrême finesse – de comprendre la fascination et la volupté inquiétantes que cette main condamnée à l'échec nous procurait.

*

Tu tires ma lèvre inférieure et tu la pinces sans rire. Tu dis: dès que je l'aurai relâchée, tu me confieras une chose que tu détestes, un comportement qui t'insupporte, une chose que je ne connais pas encore. Tu tires, tu pinces et tu me fais mal jusqu'à ce que je consente. À moi au moins de choisir le moment...

*

Le grand bougeoir

Toujours habillé d'un sweat-shirt ample et délavé, d'un jeans qui lui serrait la taille, toujours chaussé de baskets rutilantes à l'effigie de la marque la plus en vue, l'oncle Paulin ressemblait à un adolescent prématurément vieilli ou à un adulte qui aurait omis d'adapter sa garde-robe, ce qui, aux yeux de mon père (s'inspirant d'une formule de je ne sais quel auteur), constituait un double affront: le premier adressé au monde des adultes, le second au monde des adolescents. Ma mère, d'habitude dédaigneuse face au mauvais goût vestimentaire, ne soufflait mot sur l'uniforme de l'oncle Paulin. En vérité, l'oncle Paulin n'était nullement un oncle, mais comme il passait souvent à la maison, qu'il entretenait avec nous des liens très familiers, on avait pris l'habitude de le désigner ainsi, d'autant que la plupart de nos vrais oncles vivaient à l'étranger, ce qui limitait et compliquait les fêtes de famille. C'était en sortant d'un laboratoire de prothèses dentaires où il opérait en tant que technicien que l'oncle Paulin s'arrêtait chez nous. À chacune de ses visites, notre faux oncle amenait à ses faux neveux des pâtes de fruits qui nous mettaient en joie même s'il nous tendait la boîte sans une parole et sans la moindre expression, comme une sorte d'obole à verser pour pénétrer dans un appartement qu'il admirait. Les discussions pour se répartir les pâtes de fruits engendraient de véritables stratégies afin de récolter un maximum de celles qui avaient notre préférence. Le hasard (un dé jeté, la courte paille ou un zig-zag-zoug) désignait le premier d'entre nous qui choisirait la première pâte de fruits, puis, à tour de rôle, nous vidions la boîte de ses trente-trois merveilles, cachant nos préférences qui pouvaient varier d'une fois à l'autre, les miennes allant en général aux pâtes de fruits jaunes et lie-de-vin, à savoir les citrons et les cassis.

L'oncle Paulin possédait, selon mon père un vice, et selon ma mère un don : il écrivait des scénarios. Nous n'avions pas la moindre idée de ce que contenaient ces scénarios jusqu'au jour où un jeune metteur en scène avait entrepris de monter une des pièces de l'oncle Paulin. L'excitation que j'avais à me rendre au théâtre a été aussi intense que l'ennui vécu durant la représentation. Je voulais pourtant m'y intéresser, je forçais ma volonté, je cherchais à conduire mes sens, mais en vain. J'ignorais encore de quelles fabuleuses mixtures sont pétries les meilleures mises en scène, cette sorte d'évidence qui s'impose comme si tout était facile, comme si toute cette force jaillissait d'un simple claquement de doigts. De la pièce de l'oncle Paulin, j'ai tout oublié. Je sais seulement que j'échappais à la lassitude en prolongeant quelques mots, que ces mots je les chevauchais pour qu'ils m'entraînent vers Régine et Floriane, vers leurs seins entre lesquels je m'écrasais de bonheur et de fatigue, à l'abri des prétentions et des vengeances. La presse locale, dont le jeune metteur en scène connaissait plusieurs journalistes, avait publié des articles qui présentaient l'oncle Paulin comme l'un des meilleurs dramaturges du moment. Ma mère avait découpé les trois articles qui arrivaient à ce même constat et les avait disposés sur la table du salon où nous étions religieusement réunis pour l'entendre nous les lire. À la fin de la lecture, mon père, que ce galimatias exaspérait, avait haussé les épaules et s'en était allé sans le moindre commentaire, tandis que mes frères et moi-même voulions surtout regarder les portraits de l'oncle Paulin. J'étais prêt à croire que je me trompais, que cet homme sans âge et bedonnant était le génie dont les journaux parlaient, mais je m'expliquais mal pourquoi il n'avait jamais rien à nous raconter. Une histoire de temps à autre, une anecdote plaisamment amenée, auraient suffi à faire de moi l'allié le plus sûr de l'oncle Paulin.

Deux jours après la dernière représentation, l'oncle Paulin est arrivé à la maison en gardant sa mine des profondeurs. Pourtant, à sa façon de tourner la tête autour de lui en de brusques secousses, on voyait qu'il peinait à dissimuler le sentiment de sa réussite. Ma mère le félicitait, amassait des formules qui éveillent le bonheur. Elle parlait si bien de la pièce, qu'en l'écoutant, j'avais l'impression qu'elle évoquait une autre pièce, beaucoup plus trouble, plus tragique et plus excitante. Quelle que soit notre raison, on peut transformer en or la poussière verbale de ceux qu'on aime ou qu'on admire ! Assourdi de gloire et de vanité qui cherchaient comment exploser, l'oncle Paulin a commis une erreur : celle de demander à mon père, misanthrope pour l'occasion, de lui donner son avis. Ma mère sentait le désastre possible, elle répondait à la place de mon père, rappelait son manque de goût pour les arts, sa méconnaissance de la littérature, elle regrettait son insensibilité, sa balourdise, mais l'oncle Paulin s'obstinait, ce qu'il voulait, c'étaient des mots sortis sans filtre de la bouche de mon père. Des mots en toute franchise. Puisqu'on le priait avec tant d'insistance, mon père a dit, d'une voix légèrement contrainte, que jamais il n'avait entendu un texte aussi rébarbatif, aussi faux, qu'il n'était pas donné à tout le monde de savoir émouvoir, que l'écriture théâtrale demandait des qualités supérieures dont l'oncle Paulin était démuni. Il a même parlé de camelote verbale et de foutaise populaire supérieure. Il a poursuivi en conseillant à notre oncle Paulin de se consacrer au développement des prothèses dentaires, à leur bonne facture et à leur amélioration. Enfin, mon père a terminé son discours par ces paroles qui étaient sincères elles aussi : Vous êtes pour moi un ami et je vous aime sans théâtralité. L'oncle Paulin, si cela est possible, se figeait dans sa rigidité, sorte de colonne opaque en trois morceaux : les jambes, le buste, la tête, le tout impénétrable, comme une ruine qui n'a pas bougé malgré deux mille ans de pluie, de soleil, de secousses et de bourrasques. Seul vibrait, mais à quelle vitesse et avec quelle nervosité, son index, dont l'ongle grattait la peinture rouge du grand bougeoir, peinture qu'il est parvenu à extraire pour creuser un trou d'au moins un centimètre de profondeur. La rage, le sang, le goût du meurtre et de la vengeance, le dépit, tout cela se concentrait dans cet index qui fouillait follement jusqu'à ce que le corps colonne finisse par se lever, c'est-à-dire que des archéologues imaginaires ont actionné les sangles placées sous les bras et la tête de l'oncle Paulin pour le soulever, le relever, le mettre en position verticale et le diriger vers la porte de sortie de l'appartement.

Après un mois sans nouvelles de l'oncle Paulin, comme mes frères s'inquiétaient, ma mère a déclaré qu'il avait été si blessé qu'il ne souhaitait jamais remettre les pieds chez nous. Mon père, que la perte d'amis n'a jamais ému, a rétorqué que la susceptibilité d'un artiste est proportionnelle à son manque de génie. Il s'est ensuite tourné vers ses trois garçons pour les avertir qu'il fallait se résoudre à la perte des pâtes de fruits...

L'oncle Paulin vit encore. Père de trois enfants, il a une panse respectable. Il parle de lui avec sérieux. Il vit dans un grand appartement et dirige un laboratoire de prothèses dentaires. Il a peur de dépenser son argent qu'il place dans des sociétés très sûres. Il est sans passion, sans excès, sans foi. Il m'a certifié vivre en pleine harmonie avec lui-même et sa famille. Il n'a aucun souvenir du grand bougeoir.

*

J'aime prendre ta tête entre mes mains. J'aime sentir ton crâne entre mes mains. Je le tâte, le roule, le presse, je connais sa forme, ses trous, ses bosses, je le frôle, le parcours, je l'enveloppe, je l'enlace. Entre mes mains je serre ton monde. La nuit, j'aime m'endormir avec cet os sous mon bras.

*

Les escarpins verts

Ma mère m'a regardé avec une gentillesse à laquelle je m'abandonnais. J'étais seul avec elle dans la chambre à coucher. Elle m'a d'abord installé sur la chaise posée devant la coiffeuse à trois miroirs. Elle avait ses mains sur mes épaules, non pas comme un poids, une pression qui accable, mais plutôt quelque chose qui allégeait, élevait. Ma mère disait, d'une voix délicate et incontestable : Tu ne vas pas bouger. Tu vas me laisser faire. Tu vas obéir à ta mère. Tu ne voudrais pas fâcher ta mère ?... Et encore une fois ce regard de gentillesse qui aurait pu m'inquiéter, à la manière des bêtes qui se méfient des cajoleries qu'on leur prodigue pour mieux les tromper. J'avais cinq ou six ans. Ma mère coiffait mes cheveux. Elle vantait leur brillance, leur finesse, leur blondeur, elle les roulait dans ses doigts, les respirait, les prenait dans sa bouche, s'en imprégnait, des cheveux assez longs pour qu'elle puisse glisser un ruban autour de la natte qu'elle avait tressée. Et aussitôt un baiser sur la tempe, comme pour me remercier, réconforter encore. Après quoi, elle m'a mis du rouge sur les lèvres, un peu de poudre sur le visage, du bleu sur les paupières, du noir sur les cils. Et ce sourire qui ne la lâchait pas, un sourire qui abolissait les tourments, les chagrins, écartait les soucis, les tristesses, un sourire qui envoûtait ce fils trop content de disparaître sous les souffles et le cœur battant de sa mère. Encore une fois, elle m'a embrassé. Puis elle a dit, de sa voix toujours délicate et incontestable : Regarde ce que j'ai acheté pour toi. Elle s'est dirigée vers l'armoire et elle en a sorti un paquet. Ma mère si gentille. Gentille comme jamais. Je ne comprenais pas. Dans le paquet, il y avait une robe verte avec au bout des manches une broderie très fine d'un vert plus soutenu. Elle m'a aidé à me déshabiller. Elle chantonnait. Des airs que je ne reconnaissais pas. Bien sûr, elle souriait toujours, mais j'aurais été incapable de déceler, s'ils ont existé, les quelques plis d'inquiétude qui devaient marquer ses lèvres. Ma mère m'a pris sur ses genoux. Elle me caressait les bras, la nuque, elle avait des regards d'intimité, elle disait : Tu es ma petite princesse. Personne ne le sait, mais tu es ma petite princesse. Elle a ouvert un tiroir de la coiffeuse et elle en a sorti une paire d'escarpins verts. Elle a passé sa main sur les escarpins en m'expliquant qu'ils lui appartenaient, qu'elle les avait conservés depuis petite fille, que je pourrai les mettre chaque fois que je l'accompagnerai dans la chambre. Et les yeux de ma mère si frémissants, et la voix de ma mère si éperdue. Elle m'a pris par une main et m'a fait tourner autour d'elle, elle m'a tiré contre son ventre, elle a souri de bonheur devant mes grâces, elle répétait que j'étais sa petite princesse, je ne voyais que la frénésie de sa joie, je m'enfonçais dans le labyrinthe où elle m'entraînait, j'inspirais sa jouissance, je ne la gênais en rien. Quel est le chemin de la suspicion?... Par quel accès jaillit-elle si brusquement?... Soudain l'effroi a été là. J'ai compris que ce n'était pas à moi que cette réception était destinée. Les caresses sont devenues oppressantes, les caresses portaient la mort en elles. J'avais besoin d'air. De quitter la chambre. Je me suis dégagé des bras de ma mère et je suis parti en courant. Depuis le seuil de la porte, contre la coiffeuse aux trois miroirs, j'ai jeté les escarpins verts dont jamais plus il n'a été question.

*

J'ai les coudes sur la table, mon nez et ma bouche cachés par mes mains, mes deux pouces sous le menton et mes deux index appuyés chacun au coin d'un œil. La pression est d'abord légère, plutôt une caresse, comme lorsqu'on chasse un cil. Inutile pour cette chasse-là de moyens disproportionnés: quelques allers et retours du bout du doigt suffisent. Mais la peau au coin de l'œil grossit, durcit, assez pour que cette transformation minime me contrarie. J'appuie une nouvelle fois, au même endroit, mais avec plus de vigueur, plus de conviction, et plus j'appuie, plus grossit la peau, comme une petite bille qui s'obstine à changer de taille. Rapidement, j'ai au bout des doigts toute la force que l'on peut avoir, concentrée là, en sa densité maximale, et j'écrase deux boules de peau enflammées qui commencent à me démanger, à me brûler les yeux, je veux dire les yeux dans l'entier de leur surface, d'un coin jusqu'à l'autre coin, d'une rive jusqu'à l'autre rive. Je gratte, j'enfonce mes doigts, je gratte encore. J'ai les yeux en bouillie, mais je continue, partagé entre une souffrance intenable et un plaisir que seul peut prolonger le fait de ne pas arrêter ce frisson charnel, ce massacre haletant. Mystère et panique de l'œil. Tu dis : Arrête de t'arracher les yeux.

*

Les larmes de ma mère

Certainement que mon père avait déposé dans la rue le sac qui contenait la photographie. Trois étages à descendre. Trois étages qui chancelaient sous la lumière des néons. Je me cramponnais à la rampe d'escalier, je luttais contre chaque marche, chaque marche comme un ennemi à repousser, à transpercer, et sous cette lumière trop blanche, dans cette fraîcheur malfaisante, des jours s'écoulaient, comme un long vide qui s'empare de l'existence. Quel âge aurai-je en arrivant dans la rue?... À quoi ressemblera ma figure?... Trois étages suffiront à me vieillir, à ce qu'une âme moribonde me pénètre. Du bout des doigts, j'ai pressé mes tempes jusqu'à ce que les tumultes se dilatent. Les sorciers n'ont aucun pouvoir. Les gens qui jettent des sorts n'existent pas. Leurs illusions se chassent, se soufflent, meurent entre deux claques. Un enfant peut réussir, sans guide et sans main protectrice, à conjurer les marches d'un escalier qui le hante. Je descendais, les doigts bientôt assurés sur la rampe en fer, fort d'une audace enfin retrouvée.

Dehors, parce qu'un peu rosie, la lumière du réverbère me tranquillisait. Je n'étais plus aussi pressé. J'aurais aimé que cette lumière puisse tomber dans ma poche, que je puisse en ramener jusque dans ma chambre, avoir cette lumière sous mon oreiller, sous la main, la sortir quand bon me semblerait.

Sur le trottoir s'entassaient des sacs poubelle, mais j'ai reconnu le mien, le nôtre, le nôtre avait une ficelle verte, lui seul avait cette ficelle verte qui, peut-être par coquetterie, retombait sur le noir du sac, dans le halo rosé du réverbère. J'ai défait le nœud et j'ai mis la main sur la photographie légèrement plissée, blanchie par quelques gouttes de lait. Dieu soit loué ! elle était intacte. Ma mère ne l'avait pas déchirée et les gouttes de lait partaient sans laisser de traces. J'ai regardé l'image sous la lumière apaisante et j'ai senti ma chair se réchauffer. Du bout de la rue, une voix avec des accents d'éternité est arrivée, elle s'est déployée, a traversé mon cœur et s'en est allée disparaître de l'autre côté de la rue, de simples paroles qui s'étaient transformées en une mélodie. N'est-ce pas ainsi – sans volonté de confidence, dans l'intervalle de mots qu'ils éparpillent au hasard – que les hommes livrent la meilleure part d'eux-mêmes ?... Le retour au lit s'est passé d'une traite. Toute la nuit, j'ai gardé la photographie plaquée contre mon ventre. Pourquoi cette voix sans sexe avait-elle dit *flux effrayant* ? De quelle contagion voulait-elle se rendre coupable ? Je me répétais l'expression maudite. Comme si les larmes de ma mère représentaient un danger, comme si ma mère allait se perdre, se noyer dans un flux effrayant qui inonde, un flux effrayant qui emporte au loin, au large, engloutit, très loin d'ici, en des contrées interdites aux petits garçons qui ont peur de perdre leur mère, aux petits garçons qui doivent défier la nuit et ses douleurs pour vaincre l'affliction, pour affronter les cataclysmes qui pèsent sur le cœur des mères. J'écrasais les germes d'inquiétude, je les réduisais à de la poussière que je tenais dans le creux d'une main pour la souffler vigoureusement à travers la fenêtre ouverte. Adieu *flux effrayant* !… Adieu pensées qui suscitent le désarroi ! Les naissances donnent aux mères un bonheur sans égal. Les enfants arrivent sur terre, ils viennent au monde pour cela. Pour cela d'abord. Pour que le bonheur des mères éclate. Un bonheur sans doute. Achevé. Et les larmes des mères sont là pour célébrer ce bonheur sans tromperie. Et pour cela seulement.

*

J'enlève de la bibliothèque une dizaine de livres, et à la place, je pose ma tête, bien droite, le nez aplati contre le fond du meuble. Je respire l'odeur du bois et des livres. Je reste là jusqu'à ce que je n'entende plus rien que le battement de mes paupières. Parfois, une conscience arrive sur ma gauche, qui lit tous les livres qui sont sur ma gauche, à une vitesse prodigieuse, une ou deux secondes par livre sans qu'aucune phrase ne lui résiste, et cette conscience avance, se rapproche de ma tête, elle la perce, la pénètre, elle enregistre mes sensations, mon passé, mes idées, elle saisit tout, elle emporte tout, elle quitte déjà ma tête et s'attaque aux livres sur ma droite, me laissant là, dans une sorte de béance blanche, d'abrutissement doux.

*

L'image dans la chambre

Je connaissais l'image par cœur. On m'aurait demandé de la dessiner, j'aurais fermé les yeux et c'est mon cœur qui l'aurait dessinée. Mon cœur aurait guidé ma main sans que j'eusse le moindre souci à me faire. Si mon attention se perdait dans l'image, par exemple sur le sablier, ou sur le cierge éteint, ou sur l'écharpe suspendue, ou sur la forme des arbres, ou sur le lit à baldaquin, ou plus souvent encore sur la figure un peu brutale de l'ange, sur sa main maladroite, sur ses boucles blondes qui se détachent des ailes bleu noir, si mon attention se concentrait sur Dieu le père qui jaillit de son nuage, les mains tendues en avant comme un plongeur, ou bien encore sur la Vierge agenouillée qui me faisait face, la Vierge mise mal à l'aise par les révélations de l'ange, si mon esprit se noyait dans la couleur du sol, un brun parsemé d'orange, tout cela n'était rien à côté de la figure qui, dans l'image, m'envoûtait et me captivait: la figure du chat. Ma mère, d'une voix qui sifflait plus que d'habitude, d'une voix qui coupait les mots, les massacrait, ma mère disait: Ce chat représente le diable... C'est pour cela qu'il est si effrayé et qu'il bondit en apprenant la venue sur terre du fils de Dieu. Tu comprends?... Ce chat, c'est le diable. Je n'en savais rien. D'ailleurs, les livres et les interprétations savantes que ma mère n'avait certainement pas manqué d'étudier ne m'importaient guère. Pour moi, le chat de l'image n'était pas le diable, il ressemblait à un chat du quartier: mêmes petites oreilles, même queue fine, mêmes yeux jaunes qui vous regardent et qui détiennent des vies que vous ignorez. Je l'avais baptisé Titus. Ensemble nous avions de longues discussions. Il ne faut pas croire que les animaux peuvent devenir des personnages, les animaux sont des personnages.

Chaque fois que j'étais seul, je faisais entrer Titus dans l'appartement. Aussitôt il allait s'asseoir sur une chaise de la cuisine, juste en face de moi, la tête droite, les oreilles tendues, et comme pour m'imiter, il posait ses deux pattes avant sur la table tandis que j'avais mes deux mains placées de la même manière. Ainsi installés, et ainsi seulement, pouvaient commencer nos débats, nos face à face, et s'il est vrai que je parlais beaucoup, j'appréciais les interventions de Titus, particulièrement celles où, en quelques miaulements, il me suppliait de reconsidérer ce que je pensais être juste, d'apprendre à mieux regarder ceux qui m'entouraient, de ne pas me laisser guider par mes peines et mes chagrins, de mépriser les avantages de mes deux frères, de ne m'endeuiller de rien, de transformer mes indignations en paroles, de ne pas interroger inutilement les autres. Mieux qu'un journal intime, Titus savait accueillir mes propos.

Une après-midi, mes deux frères nous ont surpris dans une conversation animée. Ils n'ont pas manqué de rire devant ce petit frère qui ne trouvait pas d'autre compagnon qu'un chat. Dans leur désir de conforter les meilleures places, ils ont rapporté – usant de leurs talents d'acteur – l'événement à ma mère qui riait des clowneries et de l'intempérance de ses deux premiers fils et qui soupirait de la béatitude de ce troisième, content de s'amuser comme un gredin avec une goutte de rosée, avec le ronronnement d'un chat. Je ne crois pas que ma mère m'ait interdit de laisser entrer Titus dans l'appartement, mais je craignais qu'on nous dérange, qu'on nous nargue, sans me douter qu'une menace bien pire nous accablerait. L'aîné de mes frères, parce que nous avions vu cela à la télévision, avait réussi, à l'aide de trois ou quatre de ses acolytes, à saisir Titus. Ensuite, selon un scénario connu par avance, la bande héroïque avait grimpé jusqu'au sommet de la cage d'escalier, et mon frère, le chef des bandits, celui qui tenait Titus à bout de bras et qui croyait malin de grimacer comme un tyran, l'avait lâché dans le vide. Je voulais m'y opposer. Je voulais leur dire que j'aimais Titus. Que le tuer c'était me tuer moi ! Mais que faire contre trois ou quatre garçons plus robustes que vous ? Que faire quand votre intelligence ne sort qu'au compte-gouttes et que les paroles qui pourraient peut-être empêcher le massacre refusent d'éclore et restent cachées dans la gorge ? Si j'avais trouvé les mots, j'aurais arrêté tout cela. Quelques syllabes passent entre les lèvres de celui qui possède la maîtrise et aussitôt les esprits se domptent, les cœurs s'apaisent, les batailles se brisent, les orgueils se percent, les lâchetés cessent. Plus encore que l'informatique, l'histoire, la géographie, l'algèbre, la littérature, la géométrie, les sciences, c'est cela qu'il faudrait enseigner : mettre le doigt au bon moment sur la phrase qui peut amener les choses là où on veut qu'elles soient. Transformer le monde d'un mot ! Le dévier de sa trajectoire. Le renverser ! Mais là, je restais immobile, de la fureur calfeutrée en moi. Les paroles ne parvenaient pas à sortir, éclataient confusément à l'intérieur de mes oreilles. Dans le film, une fois au sol, le chat retrouvait assez vite ses esprits, marchait quelques mètres, les entrailles pendantes, la chair ensanglantée, roulait la tête dans ses pattes et s'effondrait, raide mort, sous l'œil brillant de plaisir des garçons que le mal commençait à démanger, des garçons qui un jour, hurlant le credo d'un financier, d'un prophète ou d'un général, sauront si bien détruire, briser, violer, écorcher, torturer, tous citoyens de la même violence qui se déploie à l'infini dès qu'a retenti le signal du chef. Dans le scénario de mon frère, les choses, à ce point, se sont passées différemment.

Titus, une fois au sol, ne bougeait plus. Pas un tremblement. Pas un spasme. Le choc l'avait tué net. Excitée par cette aventure, la bande dirigée par mon frère est arrivée en bas de l'escalier, là où je me tenais déjà, rempli, non pas de tristesse, ou de haine, ou de désir de vengeance, mais d'un écœurement qui tournait en circuit fermé à travers la gorge, la poitrine, le ventre, ce liquide d'amertume qui corrode les âmes les meilleures. Après l'avoir retourné du bout de la chaussure comme une saleté, un rebut, au moment même où il s'est penché vers lui pour mieux voir à quoi ressemblait la gueule d'un chat fraîchement mort, mon frère a subi l'impensable, l'inespéré, l'assaut de Titus qui, d'un bond, s'est redressé, lui a sauté contre la face, plantant ses griffes dans le visage, s'y accrochant, s'y suspendant, trouvant sans peine la chair de sa riposte. Mon frère hurlait à la mort, la peau rougeoyante. Il tirait sur l'animal, secouait la tête, tournoyait, essayait d'expulser le monstre hérissé, le diable enragé. Aucun garçon n'osait venir trop près, sentant que cela finirait mal, que leur intervention ne pouvait qu'empirer les choses, que leur rôle se réduisait à rien, à regarder, à écouter, à ne pas oublier. Les miaulements de la bête prodigieuse recouvraient les cris de souffrance et d'angoisse de mon frère qui restait maintenant immobile. Seul le chat déciderait du moment où il en aurait fini. Ce privilège lui revenait. Une des griffes de Titus a été particulièrement funeste, déchirant la joue de mon frère du haut de la pommette gauche jusqu'à la commissure des lèvres. Malgré les points de suture, malgré les pommades appliquées pendant des mois sur la cicatrice, il fallut admettre qu'elle ne s'effacerait jamais. Je vois encore l'expression glaciale de Titus durant l'attaque, son corps déployé, ses poils dressés, je vois la tête de mon frère qui saigne, la peau lacérée, j'entends son souffle convulsif, ses pleurs inutiles, je vois ses pantalons qui se mouillent, sa face qui se décompose. Jugeant la vengeance consommée, Titus a lâché sa victime. Il s'est éloigné d'une vingtaine de mètres vers l'ombre du seul arbre de la cour et il s'est affaissé là, en douceur. Mon frère, sur les genoux, dans un état de prostration, gardait les yeux grands ouverts. Le vide les habitait, mais un vide qui le possédait. Quand je suis arrivé vers l'arbre, Titus avait disparu, disparu pour toujours… Sur l'image agrafée contre le mur de ma chambre, le chat, c'est à Titus qu'il ressemblait.

*

Tandis qu'un chauffeur de car conduit comme un fou sur des routes accidentées, tandis que des paysages nouveaux défilent, tandis que des rencontres pourraient exister, des discussions avoir lieu, tandis que la vie, aussi insupportable, épuisante, abstraite, absurde, terrifiante soit-elle, le spectacle d'un proche qui dort à ce moment-là, qui dort d'un sommeil de bête, qui expose sa déchéance – bouche entr'ouverte, joue écrasée, cou rougeoyant, glotte tressautante –, ce spectacle me dégoûte. Et si le sort de ce proche au sommeil instantané peut sembler enviable, la lâcheté me manque pour accomplir cette prouesse du sommeil possible quelles que soient les circonstances. Quoi de plus avilissant que cet abandon sans vraie fatigue, sans volupté, comme un reniement de l'être ?...

*

Le peigne noir

La pluie, durant les mois de mars et d'avril, semblait vouloir ne jamais s'arrêter. Mon père, qui travaillait de plus en plus souvent à la maison, se rembrunissait. Si cette pluie l'avait d'abord amusé, puis agacé, elle le rendait maintenant, par un effet de mimétisme, aussi terne et monotone qu'elle. Comme une catastrophe, la pluie l'ébahissait, lui retirait l'envie de combattre, de comprendre, de s'adapter, elle lui ôtait sa raison d'être, et les tentatives d'ironie ne le libérant de plus rien, mon père n'était qu'un double sans consistance de lui-même, une copie amollie, véritable poule mouillée qui préférait ne pas se montrer, se taire, qui repoussait nos gentillesses jugées fatigantes et qui, pis que tout, semblait s'habituer à son état.

Quand enfin, vainqueur des brumes et des derniers crachins, lâchant un peu de lumière, un soleil poussif s'est montré, le visage déjà vengé des accablements, mon père a glissé dans sa poche le sachet aux fléchettes en me regardant d'un œil qui polissait les morsures. Trente minutes plus tard, nous étions sous le hêtre, parés aux fantaisies, nos corps – malgré le sol détrempé où chaque pas nous enfonçait un peu plus – disponibles aux émerveillements dont on les avait si longtemps privés. Nos rites et nos jeux se déroulaient en une allégresse pleine de vigueur qui rendait sonores nos rires, sauvages nos chants. À mi-chemin peut-être entre la voiture et la ferme, alors que nous étions soumis à nos défis inchangés, que nous abandonnions aux pieds des arbres des déclarations d'amour, froid et rageur, un déluge s'est abattu. Quelle marche à travers l'épaisseur de la forêt ! Les buissons devenaient des murs, les branches des fortifications. Nous pataugions dans la boue. Avancions avec peine. Pour me donner du courage, je racontais des histoires où la mort saisissait ceux dont la vaillance vacillait, des fictions où il fallait garder l'élégance du mousquetaire, la bravoure de l'aventurier, l'indifférence de l'agent secret. Pour la première fois, je découvrais que le recours à l'imaginaire permet de braver des situations pénibles. Je ne savais pas encore qu'il permet aussi, non seulement de faire face à des moments détestables ou bouleversants, mais de rendre l'existence possible, supportable, et qu'ainsi on peut rire des choses graves et rendre le risible sérieux.

C'est en héros que j'ai franchi le seuil de la ferme-auberge, sous les acclamations de Régine et de Floriane qui m'entouraient déjà de leurs bras lourds, qui me pressaient de leurs chairs pleines d'allant. Mais je grelottais. Il fallait d'autres soins encore. À la salle de bains, Régine se tenait à côté de moi tandis que je me balançais dans l'eau chaude de la baignoire. Elle faisait mousser entre ses paumes un savon au parfum d'orange, puis elle frottait ses mains contre mon corps qu'elle disait avoir la douceur des bourgeons et des feuilles nouvelles. Elle parlait peu. Elle me couvrait de gentillesse. Le va-et-vient des mains de Régine sur mes bras, mes jambes, sur mon torse, mon ventre, avait fini par me procurer un plaisir que je devinais trop visible et que la proximité des seins de cette femme à la beauté pleine, saillants sous la blouse mouillée par endroits, aggravait seconde après seconde. Je devenais sans protection. Quand j'ai voulu me tourner pour dissimuler mes attirances, Régine m'en a empêché. Elle n'a pas ri, elle ne s'est pas moquée, elle s'est mise à genoux et elle a placé ses mains sous mon corps pour me tenir légèrement hors de l'eau. D'être aussi démuni me ravissait. Régine a penché la tête en avant pour que j'apprenne, sans m'alarmer et sans hâte, comment s'assouvissent certains désirs.

Pétri de pudeur, du régal que ce bain m'a apporté, à quiconque, je m'étais interdit d'en parler, mais le peigne noir qu'à Régine j'ai dérobé, je le laissais souvent dépasser de ma poche.

*

Se moquer des attaches. Avoir au bout des doigts des épices récoltées à tous les coins de la planète. Avoir sur les paupières des particules de partout. Avoir au fond des oreilles des mélodies qui s'entrecroisent, des paroles qui s'enflamment. Avoir la fraîcheur des fleuves et des rivières qui coulent dans tous les sens. Avoir sur la peau la vie des vents, le parfum des arbres. Et pour ne pas être déjà vaincu, s'attacher – pour tes beaux yeux – à rendre tout cela fécond !

*

Le plat à fruits

Ma mère ne savait que cela : cet homme était un magicien célèbre, notre père l'avait rencontré dans la salle de rédaction d'un journal et l'avait invité à manger, ils seraient là tous deux dans moins d'une heure. Avec mes frères, nous nous regardions, pleins de joie et d'appréhension. Un magicien ! En chair et en os ! Qui serait là chez nous et à qui nous pourrions parler de problèmes irrésolus, d'obstacles obscurs, des incompréhensions grouillantes qui tarabustent le cerveau des enfants. Il fallait vite rassembler nos connaissances, ouvrir le livre de magie que nous possédions, un manuel remisé au fond d'une caisse après que nous avons tenté de réaliser quelques tours de novices. Non ! Cela serait ridicule ! Notre rôle devait se limiter à regarder les apparitions et les disparitions que le magicien ne manquerait pas d'exécuter sous nos yeux. Que chacun tienne sa place. Et pas de simagrées !

A priori le magicien – de petite taille, assez maigre, les cheveux plaqués sur la tête – n'avait pas un physique remarquable, mais une noblesse et une tranquillité élégante prouvaient que sans même s'approcher ni des gens ni des choses, il voyait tout, entendait tout. Quel privilège de pouvoir, d'une manière aussi intime, rendre visite aux êtres qui vous entourent, emprunter les routes de leurs pensées, déambuler le long de leurs rêves et sur les rives de leurs chimères ! En passant devant la commode du hall d'entrée, le magicien a dit : Je ne sais d'où vient cette statue, je ne vois que sa puissance régénératrice, puis il s'est tourné vers nous, les enfants, et j'ai eu la certitude qu'il voulait connaître le responsable de la tête coupée, pourtant presque invisible depuis que mon père l'avait recollée. Le magicien n'a guère eu de peine à déchiffrer ce que je devais masquer mal et m'a adressé un sourire de compréhension à la fois sublime et insupportable, un sourire que j'allais redécouvrir une vingtaine d'années plus tard, mais d'une manière si inattendue, en visitant à Cefalù le musée Mandralisca dont je ne garderais aucun souvenir si je n'avais été soudain posté en face du *Portrait d'un inconnu* peint par Antonello da Messina, ce visage illuminé de malice qui possède certainement les lèvres les plus persifleuses jamais peintes, celles-là même qu'avait le magicien en découvrant l'auteur de la décapitation. Mais le plus admirable chez cet homme qu'aucune détresse n'aurait pu ébranler venait de sa voix dont mon corps se laissait pénétrer, une gamme de sons sensuels et réconfortants qui écartaient les ténèbres avec une efficacité que marchands et prêtres n'auraient pas eu tort d'envier ! Durant le repas, autant que de magie ou de fantômes, de spectres ou d'illusion, il a été question des mots, de leur résonance, de leur chair, de comment les apprivoiser, nouer avec eux une relation, s'en éloigner, s'en approcher à nouveau. Le magicien, qui possédait l'indulgence et la clarté des sages, est devenu d'abord plus énigmatique, puis d'une gravité inquiétante lorsqu'il a évoqué (sans les dire) quelques mots qui, à défaut de pouvoir être occis, brûlés, tant ils exaltaient la vulgarité, l'horreur ou la malveillance, devaient au moins, pour éviter qu'ils ne nous souillent, être tus, jamais prononcés. En disant cela, comme si une douleur l'avait séquestré, le magicien ne regardait personne, les muscles de son cou se tendaient par instants, la salive passait difficilement le barrage de la glotte, et j'avais la certitude que la température de son corps avait baissé d'un degré au moins. Contre quels maléfices luttait-il ?... De quels bourreaux agissants était-il la proie ?... Le silence qui a suivi cette déclaration alourdissait notre présence. Personne ne soufflait mot et nous ne savions où nous réfugier. Une peur indistincte nous avait abattus, retiré la vigueur et la joie de tantôt. Ma mère, devinant peut-être qu'il fallait profiter de l'état d'absence du magicien, a eu la force de lui demander quels étaient ces mots si funestes. Des deux mains, le magicien a tiré la peau de sa mâchoire inférieure, et d'une voix de gisant, il a prononcé quatre mots... puis la voix s'est bloquée nette. En une fulgurance, le magicien a retrouvé ses esprits, c'est-à-dire la paix sur son visage, la douceur dans sa voix. Il nous racontait maintenant des histoires de volcans qui devaient effacer l'épisode funèbre. Mais l'impression demeurait en moi : les quatre mots m'avaient terrorisé, comme si j'avais eu en main, mortelle au simple contact, une boule de poison. J'apprenais l'identité des mots. J'apprenais leur réalité. Et durant des années, si j'entendais un innocent prononcer l'un des mots interdits, j'imaginais les peines, les échecs et les maladies qui, à coup sûr, damneraient ce malheureux. Beaucoup de réflexions et de lecture auront été nécessaires avant que j'ose regarder ces quatre mots en face, que j'ose les dire, les écrire, que je me débarrasse enfin des sortilèges du magicien… À chacun son sort ! À chacun ses bourrasques !

Si l'incident des quatre mots avait troublé le repas, je ne me rendais pas encore compte de la parole du magicien qui allait avoir dans ma vie une importance plus essentielle. Avertie au dernier moment de la visite de notre hôte, ma mère n'avait pas eu le temps de préparer un dessert et, à la fin du repas, elle a déposé sur la table l'immense plat à fruits, céramique que mes parents avaient achetée dans un village sicilien traversé par une route qu'empruntaient des milliers de poids lourds qui manquaient de nous écraser à chaque pas et qui rendaient tremblantes les habitations. Comme le plat, magnifiquement garni, était près de moi, on m'a invité à me servir le premier, privilège que je ne voulais pas manquer. J'ignorais à quel point feindre l'impassibilité nous rend invincible alors que de montrer ses sentiments nous fragilise. En quelques secondes, il a été clair pour tous que j'observais sans discrétion les fruits pour choisir celui qui me revenait, pour repérer par exemple la prune la plus ronde, la plus dorée, la plus belle, celle que les dieux auxquels je ne songeais guère m'avait réservée. Vite ma mère s'est raidie et m'a intimé l'ordre de prendre le premier fruit devant moi, celui-là et nul autre. Quand on est sans défense, qu'on hoquette son désarroi, il n'est pas courant qu'un magicien arrive à la rescousse ! De sa voix qui bannissait les discordes, engloutissait les résistances, le magicien s'est tourné vers moi et a dit : Choisis toujours les meilleurs fruits. À tant d'invulnérabilité, qui pourrait s'opposer ?... J'ai reposé la pomme que j'avais en mains, et durant un temps de délices qu'aucune parole n'obscurcissait, un temps aux profondeurs infinies, j'ai opté pour une mirabelle dont le goût est en moi, un goût à jamais, sans lassitude.

*

Savais-tu que les douceurs ne tuent jamais les craintes ?... Que les douceurs ne nous absolvent de rien ?... Regarde le lustre au-dessus de nos têtes. Regarde sa lumière. Tu ne la connais pas. C'est la lumière du temps passé. C'est la lumière des cierges dont se parent et se nimbent les fantômes qui soufflent dans mes oreilles.

*

La poêle en fonte

Si mes frères arrivaient dans la cuisine pendant que ma mère préparait un repas, d'une voix sans hésitation, elle les renvoyait à leurs affaires. La cuisine leur était interdite tandis que j'étais souvent invité à y rester et à suivre, de la première à la dernière opération, le déroulement des recettes. J'avais huit ans et je ne savais trop si mon statut méritait l'envie ou le rejet, mais dès le moment où j'ai su qu'il me plaisait, je ne me suis plus soucié d'apprendre si on le moquait ou si on le jalousait. On m'avait dévolu le domaine de la cuisine, ainsi en était-il !

Avant de me mettre à l'ouvrage, je devais protéger mes habits d'un tablier de cuisine acheté dans une boutique de la rue chic, un tablier rouge sur le devant duquel se pavanaient une poule et ses quatre poussins. Ma mère m'avait laissé le choisir entre deux autres, le premier décoré de pâquerettes, le deuxième d'un grand cœur. Si ma fonction, lors des premières séances à la cuisine, s'était limitée à celle de témoin, assez vite j'ai pu me rendre utile, non seulement en jouant le rôle du marmiton qui pèle et coupe les légumes, mais en maîtrisant des procédés plus complexes. À neuf ans, j'étais par exemple capable d'assumer seul la préparation d'un risotto aux champignons, d'un émincé de veau ou d'un clafoutis aux cerises, et je ne confondais plus le sens des mots marmiton, mirliton, maquignon, martagon, merluche ou mérou. Ma mère s'émerveillait de ces prodiges et en profitait pour vitupérer la plupart des filles modernes capables de rien, pas même de cuisiner ni de parler français, ce qui les rendait, à ses yeux, inférieures à la condition à laquelle elles prétendaient échapper. Ma mère souriait, elle me donnait des conseils d'une bouche joyeuse, des explications claires, elle me hissait parfois sur une chaise pour que je puisse voir les choses d'en haut, elle voulait que je goûte les sauces avant elle, que je reconnaisse les épices, les herbes, elle passait une main dans mes cheveux, elle m'étreignait quelques secondes en riant d'un rire sans embûche. Nos moments en cuisine, dans ce lieu de retraite où rien ne nous affligeait, rien ne manquait, étaient marqués par la douceur et la bienveillance. De rares fois pourtant, oubliant tout, ma mère me fixait avec les yeux d'une préceptrice sévère, et d'une voix menaçante et magique, elle me disait: Une fille honteuse d'aimer cuisiner n'est qu'une écervelée, une maritorne à bastonner. Cela ne t'arrivera pas. Je ne répondais rien. J'apprenais des mots nouveaux (maritorne par exemple) et je dissimulais mon malaise derrière des questions qui fusaient dès que cela s'avérait nécessaire : Pourquoi la crème vanille demande-t-elle plus d'opérations que la crème chocolat, pourquoi les haricots violets deviennent-ils verts à la cuisson, pourquoi la pâte lève-t-elle quand elle se repose, pourquoi le citron peut-il cuire les aliments… pourquoi, pourquoi, pourquoi ?… Pour me tirer d'embarras, j'avais constitué un stock de questions que j'écrivais dans un cahier jaune de peur de les oublier. Hormis ces allusions embarrassantes qui me faisaient craindre l'état de panique de l'imposteur dévoilé, les moments vécus à la cuisine se paraient d'un climat de confiance, de félicitation et d'amour. En ces moments-là, ma mère m'aimait. Être aimé devenait possible. Je savourais ce temps qui abolissait les ombres funèbres, les démangeaisons oppressantes. Juste elle et moi. Comme deux complices…

Un dimanche matin, alors que nous préparions un grand repas, l'aîné de mes deux frères est entré dans la cuisine pour se servir une limonade, brisant l'intimité où ma mère voulait nous maintenir. Innocente ardeur de cette incursion coupable. J'ai vu ma mère lâcher une petite cuillère et, d'une voix où s'accouplaient la douceur et l'autorité, prier mon frère de la ramasser. Au moment où il se baissait, ma mère a saisi la poêle en fonte, celle que je parvenais péniblement à soulever des deux mains, et cette poêle, elle l'a tenue quarante centimètres au-dessus de la tête de mon frère qui, en se relevant, s'est cogné le crâne avec une telle violence qu'il a poussé un cri de douleur et s'est aussitôt mis à pleurer, lui que les pleurs dégoûtaient, lui que les pleurs épargnaient. Ma mère lui a tamponné la tête avec un linge mouillé, lui disant que cela n'était pas grave, l'accompagnant dans sa chambre pour qu'il se repose. Cette scène m'avait stupéfié. Je ne pouvais douter que ma mère ait fait exprès de placer la lourde poêle ainsi, trahissant la confiance de mon frère, le fils préféré. Non ! Cela ne pouvait être ! S'était-elle aventurée dans une rêverie, une de ces fictions qu'elle aimait tant, oubliant le danger que représentait la poêle ?... N'avait-elle pas eu la force de se tourner assez rapidement... Je conjecturais. Je m'épuisais à me repasser en tête les moindres détails de ce que j'avais vu. Le retour de ma mère allait dissiper les hypothèses. Elle m'a soulevé, elle m'a assis sur le rebord du plan de travail afin que j'aie ses yeux calés en face des miens, elle m'a pris par la taille – et je sentais sur mes flancs les ongles de ses mains –, elle s'est approchée de mon visage – et je sentais dans ma bouche l'haleine de sa bouche –, elle a eu, d'une voix qui mutile les volontés, qui abolit toute lutte, elle a eu cette phrase que je ne suis pas prêt d'oublier, comme une sentence, une malédiction destinée à isoler chaque humain, à ce qu'il ne voie dans l'autre – l'ami, l'amant, le frère – qu'un rival, ou un bourreau, elle a eu cette phrase, vraie ou fausse, qui désole, pourrit l'âme : À chaque instant, il faut se méfier de tout le monde… Même de ton père… Et même de ta mère…

*

Avec ton poing tu écrases mon nez et tu dis: Je hais les hommes à principes. Le contraire de la pensée, de la réflexion, c'est le principe. Tu dis: Le principe tue le doute, tue la vie. Tu dis encore: Je t'aime parce que tu n'es pas un homme à principes. Puis tu enlèves ton poing de mon nez et tu souris.

*

Les maquettes

Je ne donnais aucun signe visible de mon désintérêt pour elles. Au contraire! Plus ma collection grandissait et plus la passion semblait m'habiter! Réel fatras de faux sourires, de joies feintes, comme s'il s'agissait de masquer ce qui lacère pour le remplacer par les mimiques du ravissement, ces torsions de pacotille!… Combien d'heures ainsi gâchées?… Combien d'après-midi sans lecture, sans jeux au grand air, sans promenades dans les rues où il se trouve des visages qui nous comblent, des personnes avec qui on peut entamer des conversations, vraies ou imaginaires?... Assis sur la chaise de mon bureau, toutes les pièces étalées devant moi, le manuel d'instructions aux méchantes lettrines déplié sur les genoux, j'assemblais, je construisais, je fignolais, je peignais à l'aide de minuscules pinceaux, j'édifiais une flotte aérienne efficace et combattive que mon cerveau tatillon perfectionnait. Pendant plusieurs Noëls et plusieurs anniversaires, parce que mes frères adoraient cela et le disaient, je recevais de mon père deux ou trois maquettes d'avions à construire, chasseurs et bombardiers dont le modèle figurait sur la boîte dans un décor de cataclysmes qu'invincibles ils traversaient. Rien ne m'agaçait plus que cet ordre, cette minutie, cette attention, ce souci permanent du détail dont il fallait se montrer capable pour que le résultat soit excellent, pour que le Spitfire Mk-16 ne fasse pas honte à l'armée anglaise et pour que le bombardier allemand Ju-87 Stuka semble toujours aussi menaçant. Par perversité, je m'acharnais à m'améliorer. La moindre imperfection m'était intolérable et je devais en venir à bout, même s'il fallait pour cela sacrifier encore du temps, accepter par exemple de démonter ce qui venait d'être monté pour reprendre de manière plus stricte l'assemblage de certaines pièces du moteur, exactitude de puriste puisque le moteur finissait généralement caché et que personne n'aurait pu apercevoir les éventuels défauts. J'avais entendu dire que le bonheur suprême du maquettiste consistait à savoir que ce qui était caché là, sous l'*habillage*, touchait à la perfection, celle-là même que je cherchais à atteindre et qui me dégoûtait. Ce bonheur me semblait le plus creux et le plus triste que l'on pût connaître. Je le poursuivais. Fardeau de l'ironie qui n'est pas sans volupté ! Seule ma mère déplorait ces séances de construction qu'elle jugeait malsaines et qu'elle devinait capables de déformer le cerveau des enfants pour en faire les instrumentistes dociles des pires besognes à venir. J'aurais pu tout lui révéler. J'aurais pu lui avouer à quel point ces avions me désolaient, combien les construire me meurtrissait, j'aurais pu lui confesser qu'en me livrant à cette activité froide, je sentais souvent les murs de ma chambre se rétrécir, ne former plus qu'une cellule étroite où j'avais juste assez d'espace pour souffrir ma peine, c'est-à-dire pour continuer ces triturations d'enfant maniaque où l'âme n'a pas sa place. Mais se livrer me répugnait !

Le jour de mes treize ans, pour la sixième année consécutive, mon père m'a offert des avions à construire alors même que mes frères recevaient des cadeaux qui encourageaient leur fugue hors de la maison. Je souriais. Je ne cherchais pas à me révolter ni à montrer mon mécontentement.

Le lendemain, j'ai eu la surprise que surgisse en moi une fureur dont je ne savais que faire et dont il fallait se débarrasser d'une manière ou d'une autre. Je n'en voulais pas à mon père – j'aurais pu le croiser sans lui adresser un reproche –, ma fureur allait très nettement au-delà d'un acte, ou d'une personne, elle avait à voir avec la nécessité que nous avons tous de partager l'air que nous respirons, avec la découverte qu'il n'y a pas sur terre d'habitants, mais seulement des co-habitants. Sur mon lit, j'ai déposé la totalité des maquettes, j'ai transformé mon lit en un aéroport international d'où auraient pu décoller tous les avions, même les avions ennemis, même ceux qui ne se rencontrent que dans le ciel pour se détruire. Gentiment, des Messerschmitt BF 109 côtoyaient des Fokker G1 dont les doubles queues m'avaient coûté des heures de cauchemar et d'effroi. Plus question de se dérober ! Le cri devait trouver sa forme, voler en éclats ! Sans aucune hiérarchie de dégoût, l'un après l'autre, j'ai jeté chaque avion par la fenêtre. Aucun ne volait. Aucun ne réussissait même à donner l'illusion du vol, au mieux certains esquissaient quelques courbes insensées, quelques vrilles sans réflexion, avant de piquer du nez et de s'écraser. Au moment où l'avion touchait le sol, j'éprouvais une gaîté consolante que j'avais aussitôt envie de renouveler. Dix minutes de frénésie ont suffi à détruire mon armée de l'air, c'est-à-dire la mémoire de ces journées de lassitude et de souffrances à la fois exécrées et recherchées. Dans la cour de l'immeuble, j'ai senti un peu de vanité en découvrant que certaines constructions avaient bien résisté à six étages de chute. Sentiment qui n'a guère duré. J'ai ramassé l'aviation en miettes et j'ai tout déposé dans un grand sachet transparent que j'ai ficelé. De retour à l'appartement, j'ai suspendu au plafond de la salle à manger le sachet contenant les débris de l'apocalypse. Dès lors, jamais plus il n'a été question d'avion, de maquette, de maquettes d'avions.

*

Qui pendent à leur cintre, ce sont les robes de ma mère. Ma mère n'a pas peur des couleurs vives – du jaune, de l'orange, du vert, du rouge –, mais elle marque sa préférence pour les violets et les bordeaux. Des lamelles de couleurs ondoient, ondulent, attendent la chair sur laquelle elles iront se poser. Mais qui vient jusqu'à nous, rampante et tenace, l'odeur du corps de ma mère, elle vient à nous et proteste… elle proteste contre la mort, la mort déjà venue.

*

À la naissance de mes deux frères, ma mère n'a pas pleuré : l'arrivée d'un premier garçon, et toute la joie qui l'accompagne ; l'arrivée d'un deuxième garçon, et toute la joie qui l'accompagne. De la joie lâchée comme ça, sans l'ombre d'un pleur ou d'un déguisement. De la joie bien claire, bien nette. L'eau du bain est recouverte de mousse. Je ne dois pas avoir plus de six ans. Je suis debout dans l'eau de la baignoire. Ma mère me savonne. Elle joue avec la mousse sur mon corps, elle dessine une spirale qui part du nombril et monte jusqu'à la bouche, elle reprend de la mousse et dessine des rayures, elle dit que je suis son prisonnier, elle reprend de la mousse et forme un petit tas qui s'arrondit, elle dit que c'est le boulet du prisonnier, elle efface tout et m'embrasse, elle m'embrasse le ventre, la poitrine, les bras, le cou, les épaules, et nous rions, les baisers sur le ventre nous font rire plus que les autres, elle tend ses deux index et vise mes tétons qu'elle presse, elle me pince les flancs pour que je me trémousse, elle souffle dans mes aisselles, elle pique mes poignets, elle mange mes yeux, elle taquine ma glotte, elle gobe mon nombril, elle pince mes paumes, elle feint de m'épouiller, elle dit qu'on exagère, elle me tourne sans peine et passe une lavette dans mon dos, puis sur mes fesses. J'entends pour la première fois le mot callipyge. Elle me mordille les fesses en disant qu'elles sentent bon. Et puis ma mère me lave les cheveux. Il y a beaucoup de vapeur dans la salle de bains. Le miroir de la pharmacie ne reflète plus rien. Ma mère commence à me coiffer, elle raconte une histoire où le crâne est un pré et chaque cheveu un brin d'herbe auquel correspondra une seconde de bonheur. J'essaie de deviner combien de cheveux j'ai sur la tête et combien de jours de bonheur cela représente. J'ai les cheveux longs. Les mêmes que les siens. Je sens le peigne dans mes cheveux, les dents du peigne touchent mon crâne avec l'exacte pression, c'est-à-dire ni trop douce ni trop forte, une pression d'experte. Oui, ma mère me peigne avec habileté, masse mon crâne, soulève chaque parcelle de peau, ses doigts comme des coussinets bienfaisants. Et les pressions m'apaisent, pourraient m'endormir, mais les doigts tournent maintenant sur la nuque, atteignent la première vertèbre cervicale, s'y attardent, descendent vers la deuxième, vers la troisième. Je m'attends à ce que les doigts longent ainsi toute la colonne vertébrale, mais ils dévient, se déplacent vers mon épaule gauche, et là, au lieu de presser, au lieu de caresser, les doigts se crispent sur la peau, raidis comme des pics. D'un coup les ongles se plantent, raclent l'épiderme, des allers et retours qui blessent. Je ne pleure pas. Je ne dis rien. Ma vie se contracte dans cette douleur. Mon corps se recroqueville dans les plis de cette douleur. Et les ongles de ma mère qui s'acharnent méticuleusement, comme des dards taillés pour creuser la chair, la broyer, la mutiler, la ravager. J'imagine le sang sur les ongles de ma mère. Voudra-t-elle le lécher? Voudra-t-elle le regarder sécher dans ses mains? Voudra-t-elle m'en couvrir le visage?... De fines particules troublent l'eau du bain. Je me demande s'il s'agit de savon, de saleté, de savon sali. Les ongles s'irritent. Aucune torture ne m'extirpera un gémissement. Je sais la douleur, mais elle ne me touche pas. Ma mère me retourne avec brusquerie. Elle a un visage blanc, les joues ruisselantes des larmes que je n'ai pas eues.

*

Ce qui chez les uns tourmente ou angoisse, réduit au silence ou provoque la peur, les oblige à dire, à raconter, ne provoque rien chez d'autres. Ceux qui ont la peau des rhinocéros ignorent tout de la température des pierres ou du sable. Ils traversent la vie avec des poitrines de bunker. Pour que leur imagination s'ébranle, il leur faut des orgies, des bains de sang, des haches plantées dans le crâne, des sauts à l'élastique, des parcs d'attractions, des catastrophes naturelles à cent vingt mille morts.

*

Le mouchoir en tissu

Quand on ne partait pas excursionner, on se tenait devant le chalet loué pour trois semaines au milieu de montagnes qui nous étreignaient de loin. Ma mère avait décrété impossible que ses enfants ne connaissent pas les parfums de la montagne, l'air qui élève, le sentiment de grandeur qui gagne autour de soi et celui de petitesse en soi. Les montagnes devaient nous servir de leçon. De cette morale helvétique mon père se moquait gentiment. Il l'expliquait par la vraisemblable découverte d'un nouvel écrivain, admirateur celui-là des cimes qui pacifient les âmes rebelles et du vide qui engloutit les pensées mauvaises.

Ma mère ne contestait pas.

Comme le chalet était isolé, il fallait se résoudre à ne rencontrer personne et à s'occuper par soi-même. Mes frères, grands déjà, profitaient de ce temps pour préparer leurs classiques tandis que je pouvais soit rester longtemps assis sur une chaise, sans pensées précises, sans que l'on s'inquiète de moi, à regarder ce paysage grandiose où rien de sordide ne pouvait exister, où je me plaisais à rêver que j'accostais à l'éternité, soit me rendre vers le torrent que j'avais découvert et où j'essayais de tremper mes pieds le plus longtemps possible dans l'eau glacée, jusqu'à ce qu'ils deviennent rouges, puis blancs, et que la douleur m'oblige à les retirer. Je m'étais persuadé que cet exercice, ainsi que la consommation de lait tourné, multiplieraient mes forces.

Un jour sur deux, nous partions pour une marche, c'est-à-dire une randonnée avec un but à atteindre, ce qui exigeait une estimation du temps et des moyens nécessaires pour parvenir au mieux à nos fins. J'aurais préféré qu'on se contente de balades, qu'on puisse changer d'itinéraire en route, qu'on se moque de savoir à quelle altitude on se trouvait ou quel nom imbécile portait la montagne que l'on voyait ici ou là. Je détestais ce moment où le corps s'alourdissait, où les pieds brûlaient, où m'envahissait toute cette *saine fatigue* comme aimait le répéter sans originalité ma mère. Je ne détestais pas tant cette sensation que les commentaires satisfaits qu'elle provoquait, petites phrases où il était toujours question de paix mérité et de repos sans pareil à venir. J'aurais voulu qu'on s'arrête aussi souvent et aussi longtemps qu'on le souhaitait, j'aurais voulu qu'on se couche au bord d'un ruisseau et qu'on y abandonne nos sens pour de bon. Mais j'étais seul de cet avis, qui ne comptait guère. De désarroi et de tristesse, je me renfrognais, traînant les pieds dans un paysage qui s'assombrissait, me répugnait par touches. Je découvrais la douleur qui abat la révolte, élit le renoncement, s'amplifie à cause de cela.

La marche de notre groupe se trouvait ralentie, ce qui agaçait ma famille marcheuse décidée à ne pas lâcher l'objectif, plus particulièrement mes deux frères qui me tiraient par les bras et me traitaient de *gonzesse.* Après quatre jours de vacances et deux ascensions, on avait décidé de prendre en compte mes moments de mélancolie comme paramètre stable, ou danger objectif, pour déterminer la difficulté de telle ou telle escalade. J'en tirais un honneur certain ! Le nombre de kilomètres, la déclivité, les prévisions météorologiques, les passages périlleux, *mon humeur,* rien de cela – comme des constantes invariables – ne devait être négligé. J'ai enduré encore quelques mimiques accusatrices, qui se sont vite mises à mollir, puis plus rien ! Il faut préciser que les jours passés au chalet, je savais prendre des mines contemplatrices si en accord avec la profondeur des lieux que personne n'aurait osé soupçonner en moi un quelconque rejet de ce décor figé qui se déployait autour de nous ! J'avais vis-à-vis de ce décor un sentiment trouble qui m'empêchait de savoir s'il me libérait ou s'il m'oppressait, s'il fallait s'y soustraire ou s'y soumettre.

Vers la fin du séjour, un projet ambitieux animait les esprits : il s'agissait de grimper sur la montagne plantée exactement en face de nous, de la conquérir, de l'assiéger, de se venger en quelque sorte de la voir, chaque fin d'après-midi, avaler trop tôt le soleil qui se saignait sur son arête. Cette fois-ci, non par nonchalance, par peur ou par tristesse, mais parce que je n'avais aucune envie d'éprouver cette montagne différemment que depuis l'endroit où je la voyais, que cette relation me plaisait, me comblait, j'ai refusé de prendre part à cette marche. Ma décision nous arrangeait : j'aurai le chalet à garder pendant qu'ils escaladeront la montagne et je pourrai même assister à la lutte pour atteindre le sommet grâce aux jumelles qui pendaient derrière la porte de l'armoire et qu'on souhaitait me laisser pour que j'en fasse bon usage… À peine l'aube bleutée apparaissait, que je les ai vus, à travers les petites fenêtres de ma chambre, partir pour leur aventure, seuls à bouger dans le paysage endormi. J'avais la journée pour moi et je comptais en profiter à ma façon, c'est-à-dire dans le silence et la solitude de mes rêveries, dévoué à d'éventuelles bravoures imaginaires. J'avais sorti de la salle à manger le seul fauteuil, un confortable rocking-chair que j'avais déposé sur le terrain plat juste devant le chalet, où je m'étais couché avec l'intention de ne pas quitter un instant cette retraite. Ne pas prendre plus de place… ne pas avoir plus d'intérêt que n'importe quel arbre ou rocher que j'avais dans mon champ de vision… Contempler, dormir, rêver, écouter le vol d'un milan, dormir encore, rêver encore, être aussi anonyme que n'importe quel brin d'herbe, tige, racine, voilà ce que je souhaitais. Le froid, comme le chaud, arrivait par rafales, et les variations de température me réveillaient. J'avais à portée de mains un plaid et une bouteille d'eau. C'est installé ainsi, vivant au mieux ce repos qui régénère, que j'ai vu un homme remonter la colline en fauchant. J'aurais pu prendre les jumelles, le dévisager de loin, mais le procédé m'apparaissait trop facile et trop lâche. D'ailleurs, l'homme se rapprocherait puisque le bord du champ qu'il fauchait était à moins de dix mètres du chalet. Au bout d'une heure, il avait atteint cette limite et je voyais de mieux en mieux comment la lame d'acier partait en l'air et sur le côté avant de s'abattre vers la terre. J'avais la certitude qu'avec un mouvement pareil, si beau et si brutal, on pouvait venir à bout de tous les problèmes, de tous les ennemis, traverser les siècles en un rythme patient et invincible. L'homme est arrivé jusqu'à moi et a pris la bouteille d'eau sans une parole, mais en me lançant un regard où se mêlaient la puissance avec la tendresse. Je lui ai demandé s'il avait fini son travail, s'il voulait boire autre chose, s'asseoir quelques instants, s'il vivait loin ou près d'ici. L'homme avait des jambes tordues, le visage racorni, la peau comme une écorce, un crâne écrasé sous des cheveux coupés courts et une voix qui contredisait tout cela. Il m'a répondu qu'il lui suffisait de voir ma paresse pour la ressentir et que si moi je l'observais bien pendant qu'il fauchait, je n'aurais pas besoin de me livrer à cet exercice pour en éprouver toutes les sensations. Je peinais à comprendre ce qu'il disait, mais j'écoutais cette voix radieuse, irradiante, cette voix sensuelle et enchanteresse à laquelle on voudrait aussitôt s'attacher. Les mots se dépouillaient dans sa bouche, ils en ressortaient lavés, intacts, comme carillonnants, au-delà de l'utile ou de l'inutile, affranchis des craintes et des séductions. Lorsque l'homme s'est éloigné de quelques mètres, j'en ai profité pour regarder de près la faux qu'il avait appuyée contre la paroi du chalet. La lame me fascinait. La lame contrariait ma raison. Est-ce que le monde, ou mon image, ou des cauchemars, ou des hantises, ou des espoirs, ou d'impossibles visions, se refléteraient sur l'acier ?... Tremblements. J'ai posé mon index droit sur le haut de la lame, j'ai appuyé assez fort et j'ai parcouru la lame d'un trait rapide sur une dizaine de centimètres. En regardant la chair de la première phalange tranchée jusqu'en son milieu, je n'ai eu ni peur ni mal, mais une sensation éblouissante de vide et de solitude. Quand l'homme m'a vu, il n'a rien dit, il a d'abord noué son mouchoir en tissu sous la blessure avant de me tapoter les joues, puis après quelques minutes, il a sorti de ses poches un flacon dont il a aspergé la coupure. Que si vite plus rien ne saigne ne m'a pas étonné ! L'homme a encore extrait de ses poches un bocal en verre qui contenait une pommade. Si je souhaitais que la cicatrice disparaisse, il fallait enduire mon doigt de cette crème qui sentait les fleurs. La voix de l'homme, comme une ombre bienfaisante, finissait de m'apaiser. Rien, dans la manière dont tout cela s'était déroulé, n'aurait pu être plus juste. L'homme m'a gratifié d'un regard de confiance, puis il est reparti avec, sur sa faux et sur le mouchoir qu'il m'abandonnait, les traces de mon sang d'enfant.

*

Tu prends une brindille et tu la casses, tu prends un verre et tu le lâches, tu prends un livre et tu le déchires, tu prends un tissu et tu le taillades, tu prends une ampoule et tu l'éclates, tu prends une cafetière et tu la griffes, tu prends un œuf et tu l'exploses. Tu dis: c'est presque rien, mais on peut aussi décider du moment des bruits qui arrivent par accident.

*

Le bouchon

Sans jamais m'y habituer, je ne refusais pas de me rendre là-bas, à l'extérieur de la ville, mais hors de toute géographie, dans cet immeuble aux murs crépis qui donnaient à la bâtisse un air malade. C'était l'asile. Là, durant trois ans, a vécu Fabien, un cousin qui avait mon âge et une force physique impressionnante. Petits, dans le jardin de mon oncle et de ma tante, sous l'œil des bouleaux et d'un micocoulier, nous nous amusions ensemble, formant un drôle de couple, lui robuste et bavard, moi un peu frêle et silencieux. Fabien qui aimait me montrer ses biceps, ses pistolets en bois, ses couronnes en carton, le bon fonctionnement de ses mâchoires, sa collection de queues d'écureuil, m'entraînait dans des rires qui se renouvelaient sans cause mais que nous prolongions pour saluer les joies du jour. Innocents des apparences, nous avancions sur les mêmes sentiers. Fabien ne m'épouvantait pas. Fabien me plaisait. Quand nous luttions – avec lui j'apprenais à me défendre –, il a toujours su ne pas me blesser, et si par jeu je feignais une souffrance, aussitôt son visage se marquait d'une tristesse sauvage. D'un sourire, j'écartais les affolements.

À onze ans, après avoir sans remords détaché en plein hiver, imitant le cri des armaillis, toutes les vaches d'une ferme, Fabien, pour la paix de ses parents et pour la sécurité de tous, a été placé en lieu sûr, à l'asile, la bâtisse aux murs crépis. Pour que nul ne dise que nous le négligions, une à deux fois par trimestre, soit la famille au grand complet, soit ma mère et moi seul, nous rendions visite à

Fabien. À peine arrivé dans le hall, je percevais un grésillement dont j'ignorais la source et je regardais avec fixité la vieille toujours assise près de la réception, une folle, immobile en son peignoir vert, dont le nez et le pourtour des yeux étaient couverts de verrues, si nombreuses et si énormes que je ne doutais pas qu'un jour, sous l'amas des protubérances, son visage s'effacerait, à moins qu'il n'existât, comme le laissaient supposer certains contes que je lisais encore, des baumes, des élixirs, des fleurs qui grandissent seulement sur certaines montagnes et qu'on obtient en mettant sa vie en péril, ou encore des paroles miraculeuses qu'il suffit de prononcer, tout cela pour rendre à la vieille, non pas seulement une peau lisse et saine, mais un teint de jeune fille qui, mieux que l'amour, saurait narguer la mort.

En suivant du doigt quelques-unes des nombreuses entailles qui fissuraient les murs, je gravissais les escaliers à pied. Au quatrième étage, au fond d'un couloir éclairé par des veilleuses dont la lumière tombait en général sur des chaises métalliques, était la chambre de Fabien. Assis ou couché sur le lit, son regard gaspillé par le vide, mon cousin maigrissait. Ne riait plus. Il comprenait qu'on l'avait trahi. Pardonnait-il mon impuissance à le tirer d'affaire ?... J'aurais voulu répandre dans l'asile un brouillard, une fumée dont le contact aurait endormi, pour quelques minutes, les infirmières, les gardiens et les visiteurs. Profitant de cette conjuration douce, j'aurais pris Fabien par la main pour l'emmener sur une colline que je connais, un tertre où les corps, alanguis dans une herbe légère, à l'abri des menaces et des inquiétudes, protégés des amours et des haines, se perdent, soleil et ciel en offrande. Mais aurait-il pu gravir la colline?... Fabien souffrait, se désintéressait de la souffrance même. S'il acceptait de faire quelques pas avec nous, de trottiner sur le chemin de gravillons qui traversait le parc, il refusait d'ôter les deux doigts enfoncés continuellement dans sa bouche.

D'abord une fois tous les quinze jours, puis une fois par mois, les parents de Fabien le conduisaient à la maison, l'entraînaient sur le lac, à la montagne, aux carrousels, au cirque, mais Fabien se montrait, dès qu'il quittait l'enceinte de l'asile, si violent, capable de détruire n'importe quel objet, de souiller n'importe quelle règle, que ses parents espacèrent plus encore les sorties. La chambre au bout du couloir du quatrième étage de l'asile aux murs crépis devint son unique lieu de vie.

Une après-midi où nous étions venus le trouver, comme il n'était pas dans sa chambre et que ma mère cherchait une infirmière pour nous renseigner, je suis monté d'un étage et j'ai poussé une porte sans inscription avec la certitude que Fabien serait là. Hasard ou instinct, on s'accordait à ne pas me tromper. Dans une pièce haute et voûtée, avec partout du carrelage vert, avec sur trois côtés des douches séparées les unes des autres par de vrais murs – carrelés de vert eux aussi –, j'ai vu, étendu dans une baignoire placée au milieu de la pièce, dans un peu d'eau sans mousse, le corps en chair de poule, j'ai vu Fabien. Salie par cent ans d'eau qui en de nombreux endroits avait retiré l'émail, cette baignoire me terrorisait. L'eau jaunissait, prenait la teinte de la rouille. J'ai aidé Fabien à sortir de là et je l'ai placé sous une douche. La baignoire, cercueil de fin du monde, grossissait, occupait toute la place dans ma tête. Je m'en suis approché et j'ai retiré le bouchon de caoutchouc tenu par une chaînette cassée. Je regardais l'eau s'en aller par le trou de l'écoulement et je sentais en moi une tristesse, car ce qui disparaissait là – sans le savoir je le comprenais –, c'était le sort des hommes, le sang des soldats, les hontes, les vertiges, les tumultes, le contentement de soi, les nuits d'amour, les illusions, les insultes, les maladies, les filles qu'on espère, les mots auxquels on croit, les louanges, les mensonges, ce qui importe vraiment, les amis qui vous aiment, ceux qui vous trahissent, les enthousiasmes, les pleurs de joie... oui, ce qui disparaissait au fond de cette baignoire, la vie des hommes, ma vie soudain réduite à quelques gouttes d'eau sale sans incidence sur rien... Et tandis que l'eau s'écoulait, le bouchon noir mais blanchi de calcaire, je l'ai fourré dans ma poche, comme ça, sans y réfléchir. Aucun objet, aucune vision, n'est parvenu à mieux signifier l'horreur que ce bouchon volé dans une salle d'eau, là où mourrait Fabien, un coup de feu dans la bouche.

*

Tout bouge dans la tête. J'essaie de ne penser à rien. Des titres de livres et des phrases entières arrivent jusqu'à moi. Les uns à la suite des autres. Ils ne disparaissent pas avant que j'aie pris en considération la force de leur signification. On ne lit pas pour se délasser. On ne lit pas pour se reconnaître. Tandis que j'allume une cigarette, je dois me mettre en paix avec les illusions perdues, avec le lotissement du ciel, avec je n'ai pas de souvenirs d'enfance, avec mange tes chocolats, fillette, mange donc tes chocolats, écoute, toutes les religions n'enseignent rien de mieux que la confiserie, mange, petite cochonne, mange !

Et toi qui manges des chocolats !

*

L'ex-voto

La mode des trottinettes doit dépendre de l'apparition de modèles chaque fois plus légers et plus commodes. Aujourd'hui, bien que pliables, les trottinettes semblent indestructibles. À la maison, la seule que nous ayons possédée, élégante, d'un bleu soutenu, mais ancienne, ne se laissait pas guider facilement à cause de son poids. Ma mère, sans oser m'en interdire l'usage, n'aimait pas me voir sortir dans la rue avec la trottinette. Elle affirmait que ce jeu me convenait mal, que de me savoir sur cette planche sans protection la rendait nerveuse et qu'elle ne supporterait pas l'idée de devoir m'amener à l'hôpital pour suturer dieu sait quelle partie du corps (front, coude, genou, aine ou arcade sourcilière) ou pour plâtrer dieu sait quel os dont elle prononçait le nom avec une voix qui taillait en flèche ce qu'il évoquait : humérus, radius, cubitus, fémur, tibia, malléole, rotule, ce qui réussissait à me convaincre qu'il suffit d'évoquer une réalité pour qu'elle se mette à exister, chaque os ainsi désigné aiguillonnant ma chair, déchiquetant ses tissus avec force et férocité ! Non sans crainte, je m'emparais parfois de la trottinette sur laquelle j'avançais avec prudence pour éviter que n'arrive un accident, mais grâce à laquelle je parcourais la ville, soit à la recherche de passages nouveaux, d'impasses inconnues – et j'imaginais comment, dans les circonstances les plus désespérées, je pourrais, grâce à une porte masquée, une bouche d'égout, un muret, une marquise ou un chéneau, semer les ignobles poursuivants qui me voudraient du mal –, soit pour me rendre à la périphérie de la ville, dans une zone semi-industrielle que j'affectionnais, un endroit hybride où se mêlaient des maisons d'habitation aux façades délabrées, des halls sans usage, des hangars, trois immenses fûts à pétrole que le temps corrodait, des pans de murs inutiles, un dépôt de briques à côté duquel gisaient les restes d'une grue, des arbres isolés et quelques usines récemment bâties dont le lustre s'était aussitôt assombri au contact de cet univers rouillé, rebelle à toute volonté d'enjolivement. Rien ici ne pouvait s'épanouir, la répudiation survenait toujours avant! Une odeur d'huile, de soudure et de fer mouillé – sans oublier les effluves de quelques flaques d'eau noire qui refusaient de sécher – me remplissait les narines et m'aurait permis, les yeux bandés, de reconnaître cet endroit parmi tous les autres. Pourquoi n'avais-je pas peur au milieu de cette zone où vivaient les derniers vagabonds qui trouvaient là un refuge pour la nuit et où toutes sortes de petits voleurs, le couteau à la ceinture, les mâchoires serrées, venaient écouler le butin des nuits passées? Certainement qu'à pied je ne serais pas resté plus de cinq minutes entre ces murs en sueur que longeaient sans se regarder des hommes à la démarche de damnés invincibles... Sur ma trottinette, je me sentais à l'abri. Je traversais ce quartier comme si un rêve le bâtissait à mesure que j'avançais, comme si je pouvais embrasser, sans que rien ne me blesse ou ne m'éreinte, ce trésor incompréhensible, cette matière chargée d'éclats ternes et de détresses amoncelées. Parfois, l'innocence protège du malheur, se pare d'audaces. Qui pouvais-je intéresser dans ce monde qui ne repérait que le danger, l'or et les inopportuns?... Nul doute et nulle lassitude n'auraient mis fin à ces ivresses indolentes si, capitale comme une coupure, une image n'était venue abolir mes frissons d'insouciance! Dans la cour d'un entrepôt dont les centaines de vitres brisées avaient attiré mon regard, j'ai vu, planté comme un dieu irrité au milieu de ce champ de verre, un géant aux cheveux courts et noirs, et ce géant tenait au bout de son bras un homme littéralement soulevé du sol, un homme qui gémissait des explications inouïes tout en agitant pour rien des jambes trop courtes. Il y avait dans ce tableau une disproportion physique monstrueuse que j'avais tout au plus rencontrée à la lecture de certaines bandes dessinées. Je restais immobile, dépité par mon incapacité à parler, à faire le moindre geste, par mon impuissance à ce que cesse l'humiliation à laquelle j'étais tenu d'assister. À l'instant où le petit homme a tourné vers moi sa figure de misérable, me suppliant, me prenant pour une apparition, ou un ange-magicien, un démon bénéfique grâce auquel tout pourrait finir, bien finir, il a reçu en pleine face un poing si violent que j'ai vu sa tête éclater, c'est-à-dire que le sang a giclé de partout, que les os ont été brisés, que les lèvres se sont fendues, que les yeux se sont révulsés. Le géant tenait à bout de bras ce corps devenu corps sans nerfs, corps de polichinelle, et ce corps sans vie a été jeté sur les bris des vitres, abandonné sans égard comme un bas morceau. La peur – malgré les larmes – muscle la chair des enfants, la peur m'autorisait à transformer la trottinette en un bolide sans égal. S'éloigner au plus vite du lieu de cette vision. Que l'angoisse n'ait pas le temps de développer ses racines, de déployer ses réseaux d'obsession. Plus vite ! Plus vite ! Je relançais la trottinette d'un coup de pied furieux. Je refusais de freiner dans les virages. Je mettais toutes mes forces à l'approche des quelques pavillons qui marquent la limite de cette zone maudite dont l'accès m'était devenu impossible. Happer le décor… S'en débarrasser sans concession… Qu'il s'écroule ! Périsse ! Se perde dans les rigoles de ma mémoire… Mais l'ombre sur la route… d'où est-elle venue ? J'ai voulu l'éviter. Une ombre de menace qui s'abat d'un coup, comme un filet de folie. Et aussitôt la chute ! Les pensées hors de contrôle ! Un labyrinthe qui nous égare ! Un basculement de l'être qui renonce à émerger ! On se trouve, pour un temps infécond, mort, sans souvenir, un temps qui laissera des traces pour après, pour plus tard…

Le poids et la sensation de sommeil engourdissant mon corps me permettaient de regarder sans effroi la femme qui se tenait là, au-dessus de moi.

Si, caché par une robe noire, je ne voyais rien de son corps, juste des chevilles pointues et des mains osseuses, le visage suffisait à ma contemplation. Dire que cette femme était vieille serait mentir, elle était la vieillesse même, ou la mort revenue pour quelques instants à la vie, un cadavre sorti de sa tombe pour assister, avec un regard d'oiseau de proie, à ma chute. D'une transparence excessive, la peau de cette femme était au-delà des rides, au-delà des âges, une peau lissée par les ans, une peau qu'aucune insulte n'aurait pu offenser, une peau au-delà de l'humain. Comme la vieille dame m'aidait à me relever, j'ai été surpris par sa vigueur. Une fois debout, j'ai vu qu'elle était plus grande encore que je ne l'avais pensé. Du sang s'écoulait à travers les déchirures de mon pantalon et une douleur dans le genou me crispait le visage. La vieille dame me tenait par la main. Je l'ai suivie sans question, relié à elle par un pacte muet, comme une fascination qui enchaîne. En quelques minutes, nous sommes arrivés dans son lieu de vie, une chambre très vaste qui sentait l'ambre, une chambre à la lumière bleutée au bout de laquelle montait un escalier. Sur un portemanteau, parmi des vêtements, se tenait un babouin qui subitement, de ses dix doigts, en de mécaniques saccades, se grattait la tête ; à ses pieds, couchés entre des coussins, une nichée de chiots tétaient leur mère tandis que, rendant hommage aux sphinx, dispersés en plusieurs endroits de la chambre, des chats blancs posaient pour l'éternité. Seuls les oiseaux, enfermés dans une cage haute de deux mètres d'arabesques, donnaient de la voix. Avec ces bêtes, on aurait dit que la chambre respirait, vivait une existence à l'abri du dehors.

L'inquiétude naissait d'ailleurs.

Contre les murs, des centaines de pièces argentées – figurant des organes ou des membres du corps humain –, recomposaient une douzaine d'êtres de tailles variables qui montaient une garde mystérieuse. De-ci, de-là, sur une chaise, sur la table, sur le fauteuil ou même à terre, d'autres organes, mais si vrais ceux-là ! si terrifiants ! en cire et comme en attente de greffes contre nature, habitaient la chambre ! La vieille dame s'est approchée de l'un de ces êtres cloués au mur et en a retiré un morceau, un genou qu'elle m'a donné en me racontant le rôle des ex-voto et de la foi qu'il me suffisait de posséder si je ne voulais pas boiter le restant de ma vie. J'écoutais sa voix d'enchanteresse, une voix capable d'apaiser les fauves, d'endormir les guerriers, une voix qui m'empêcherait pour toujours de trop me moquer quand je verrais un homme ou une femme prier dans une église, ou formuler un vœu à la vue d'une étoile filante, ou jeter une pièce de monnaie dans une fontaine, ou écouter avec ferveur les prophéties d'un marabout à succès. J'ai pris l'ex-voto et j'ai quitté la chambre à reculons, les yeux fixés tour à tour sur la vieille dame, les morceaux de cire, le babouin fou, les êtres d'argent, j'ai reculé jusqu'à ce que je sente, contre ma paume, la poignée de la porte.

L'air de la rue ne mentait pas.

Glaçait ma sueur.

Alors que la nuit tombante n'interrompait en rien les bruits de la ville, je suis arrivé à la maison en boitant, avec des pantalons déchirés, avec la trottinette tordue, avec un ex-voto en forme de genou enfoncé dans la poche, avec dans ma tête, qui grouillait, un récit à ordonner de la meilleure des manières afin que mon accident ne suscite ni inquiétude, ni reproches, ni questions trop embarrassantes. Pour échapper à ma mère, je ne pouvais compter que sur l'agencement des mots, sur le goût du mensonge. Encore une fois, tout lui dire et ne rien révéler !

*

Tu ne connais pas les richesses que tu possèdes quand tu rêves. Je promène mon nez sur ton corps sans défense. Je respire par exemple ton bras, ton cou, ton aisselle, ta clavicule. Tu te retournes sans précipitation. Je zigzague contre ton dos dont je possède déjà la mémoire. Les parfums varient d'une nuit à l'autre, mais les odeurs de biscuit, d'argile, de résine d'arbre et de pignon de pin, depuis le début, te sont fidèles.

*

La tasse à sciure

Elle est arrivée dans ma chambre avec le livre, elle s'est assise à côté de moi, son bras autour de ma taille, le visage apaisé, certaine de la bonne entente à venir, et elle m'a montré l'image du bout de son ongle lisse, convexe, un ongle qu'on aurait pu photographier et utiliser tel quel pour la promotion d'une marque de parfum qui se préoccuperait aussi de la beauté et de la santé des mains de ses clientes, un ongle si parfait que les miens, du coup, pourtant ni rongés ni sales, me répugnaient. Elle parlait d'une voix affectueuse, d'une voix qui refuse les passions, connaît la sagesse, elle parlait d'abord de la lumière autour de l'Enfant, irréelle, céleste, elle parlait de ce petit sans inquiétude qui joue avec un aiglon et qui en regarde un autre, elle parlait encore du prêtre, ou du médecin, de celui qui s'apprête en deux ou trois coups de lame à mener à bien l'opération. Voilà qui rassure ! Nous apporte des preuves ! Une image jaillit des mots et des mains de ma mère, et les alarmes s'éteignent, les craintes périssent ! Comment pouvait-elle connaître autant de choses et posséder des joues si fraîches ?... Comment une telle qualité de savoir et cette peau si tentante, digne d'engendrer pour sa possession de nouvelles bravoures, ruses, stratégies, combats plus ou moins chevaleresques ?... J'ai regardé ma mère, terrifiante de beauté, élégante d'érudition, quitter la chambre d'un pas qu'on pourrait vainement s'obstiner à imiter, et dans un sourire de moquerie douce, elle a encore dit que la médecine n'avait pas reculé depuis Ponce Pilate, qu'aucune peur ne se justifiait, et que ma raison, s'il fallait passer par là (et ce « là » m'ahurissait, adverbe minuscule prononcé d'un souffle qui détenait des heures d'angoisse et des heures à exécrer ces heures d'angoisse), ma raison d'enfant assez grand pour discerner les couples antinomiques auxquels les adultes veulent réduire le monde : le lourd et le léger, le faible et le fort, le laid et le beau, le courageux et le lâche, le sacré et le profane, ma raison devait combattre ses propres égarements, les anéantir, les réduire à rien.

Depuis toujours je détestais me rendre chez le pédiatre, dans cette maison d'un ocre terne et d'une orgueilleuse discrétion que l'on apercevait de loin, du bas d'une allée de thuyas plantés comme des potences, amputée du moindre charme malgré les deux cornouillers dont le nom n'ôtait rien à mon agacement et à ma contrariété. Il fallait endosser le cérémonial : la doucereuse sonnerie à deux tons, le visage de l'infirmière sur lequel, à toute heure, stagnait la même expression de bienveillance qui la faisait s'adresser aux enfants comme à des simples d'esprit, la salle d'attente aux banquettes plastifiées et aux murs décorés de posters d'animaux (des chevaux et des dauphins, mais jamais d'oies, de vaches ou de dromadaires), la poignée de main fraternelle du pédiatre, son sourire d'homme doué pour la vie, la séance de déshabillage pour que commence l'auscultation, les raclements de gorge de celui qui regarde mon corps comme un corps, ni plus ni moins, une matière première, un gagne-pain surmonté d'un visage qui ferait mieux de collaborer et d'abandonner sa moue d'abattement et de mépris. Où chercher du réconfort?... Sur quelle rêverie s'appuyer pour que cessent ces cahots de l'âme?... D'un oui ou d'un non du pédiatre dépendrait la suite, radieuse dans un cas, impossible dans l'autre! Quand j'aurais voulu pleurer contre les seins de ma mère, puis savourer sa chevelure de mes larmes, je devais cacher ma frayeur, je devais être l'enfant irréprochable, plein de paix et de conviction, cette image de fils qu'elle accepterait d'aimer. La parole qui délivre, celle qu'il suffit de prononcer pour que tout s'arrange, pour ne pas défaillir sous l'entassement des visions crépusculaires, je me demandais si elle existait, si j'avais une chance d'en avoir la connaissance, ou la révélation. Comment agir?... Fallait-il prier, invoquer, raisonner?... Fallait-il me taire et construire autour de moi une tranchée infranchissable qui ne laisserait aucune prise à l'ennemi ?... Déroute et incertitude.

Plusieurs fois, seul dans l'appartement, je me suis replié vers la bibliothèque pour mieux voir l'image. Moi aussi je voulais ausculter ! Je prenais le livre rangé sous la lettre « p » et je l'ouvrais à la page qui reproduisait le panneau de *La Circoncision*, peinture que ma mère avait décrétée plus efficace que n'importe quel tranquillisant, remontant et fortifiant réunis en une seule capsule. Qu'un peintre pût avoir à peu près le même nom que le fromage que nous râpions sur nos pâtes, ni ne m'apparaissait cocasse, ni ne freinait mon tremblement à observer l'image. Peut-être que ma mère ne mentait pas, peut-être fallait-il imiter le Christ, me montrer capable de la même confiance, sans humeur m'abandonner, c'est-à-dire abandonner en des mains bienveillantes qui aboliraient les souffrances à venir la partie la plus intime de mon corps. Mais ne cherchait-on pas à me tromper ?... Ma mère et moi, j'en avais la certitude, ne regardions pas la même image, parce qu'elle oubliait l'essentiel, elle oubliait les visages autour du Christ, ces figures serrées les unes contre les autres qui expriment la terreur, les tourments, la résignation, la foi mauvaise, ces figures que je décrétais complices du piège abominable tendu à l'enfant beaucoup trop jeune pour concevoir ce qui l'attendait malgré son regard qui se portait, non pas sur l'aiglon, mais sur la colonne... la colonne du sacrifice.

J'avais six ans ! Je ne voulais pas qu'on touche à mon prépuce et qu'on le taillade. Et on ne se débarrasserait pas de mon refus en invoquant de mystérieuses maladies censées justifier cet acte de violence, je ne voulais pas connaître la circoncision, je voulais oublier ce mot terrible que je redoutais (ces trois « c » m'horrifiaient comme trois serpes), ce mot qu'il fallait contenir, étouffer, bâillonner, étrangler, mot face auquel je n'en voyais qu'un d'assez vaillant pour tenir le choc, faire face : celui de sécession. Le soir, je réfléchissais à comment fuir l'appartement, aux villes et aux campagnes où aller se perdre, à comment s'emparer du lingot d'or rangé sur l'armoire de mes parents, aux affaires qu'il faudrait emporter, je pensais aussi aux endroits où dormir : caves d'immeubles, cabanes dans les bois, maisons en construction, lieux d'inconfort où la première nuit excite et les suivantes désespèrent. Partir n'irait pas de soi ! J'avais juste l'âge des escapades minuscules, des fugues sans panache. Mieux valait ne pas trahir mes rêves d'aventures et de prestige, ne pas les réduire à quelques heures de vagabondage. La solution devait s'inventer à domicile, naître dans mon cerveau d'enfant, de tout petit. Un jour avant le rendez-vous décisif chez le pédiatre, là où tomberait la décision d'opérer ou de ne pas opérer, de circoncire ou de ne pas circoncire, comme je tenais mon sexe entre les doigts, à l'affût de la solution, mes élans se sont fissurés à la vue de la tasse rouge pleine de sciure que j'avais rangée depuis longtemps sur le bord de la fenêtre et qui réapparaissait par diablerie sur ma commode pour m'éprouver, pour entremêler ce que je souffrais à délier. Je me suis approché de la tasse et j'ai enfoncé deux doigts dans la sciure ramenée quelques mois auparavant, car notre ville, à peine éloignée de son centre, possédait une scierie, lieu de rendez-vous magique de certaines fins d'après-midi, lieu où se réglaient les conflits qui peuvent déchirer des enfants de six à dix ans et où se répétaient à l'envi nos jeux préférés. La barrière de l'enceinte franchie, si nous aimions nous livrer – entre les tas de planches rangées, dans cette forêt aux arbres débités, couchés, mais qui montaient aussi jusqu'au ciel – à des parties de cache-cache qui rendaient toutes les autres parties de cache-cache ennuyeuses tant ce quadrillage laissait libre cours aux feintes les plus singulières, ce qui nous attirait encore plus n'avait pas de nom, un jeu sans queue ni tête qui commençait aussitôt que l'un d'entre nous articulait distinctement sans le crier : *Bataille de sciure*, et l'expression, reprise par tous ceux qui l'entendaient, permettait à chacun de capter l'appel sans que celui-ci ne déborde de la scierie et n'avertisse les passants de ce qui se tramait. Nous approchions de la porte coulissante de l'un des deux hangars situés au milieu de l'enceinte, et l'un après l'autre, comme une compagnie de renards, nous nous glissions sous la porte, à un endroit précis où la déclivité du terrain laissait un peu d'espace. À l'intérieur, dans l'anarchie et les cris de joie, débutait la bataille qui consistait à pousser les autres contre les montagnes de sciure accumulées là. Après cinq minutes, la bataille se poursuivait en des sauts et des plongeons désordonnés où la notion d'adversaire se troublait. Ni pleurs ni blessures n'entravaient nos plaisirs: nos assassinats étaient toujours doux! Le drame pourtant ne nous épargnerait pas. C'est une petite fille qui se tenait un peu à l'écart, tapant dans les mains de ravissement devant le spectacle cabriolesque que nous offrions, qui la première, dans l'éclat d'un rai du soleil couchant, l'a vu. Effarés, nous regardions en silence l'orteil sectionné, tout blanc, plus cireux que vrai, un membre mort arrivé sans doute à la suite d'un accident survenu dans la salle où les ouvriers débitaient les troncs. Cet orteil avait mutilé l'allégresse. Il disait l'inquiétude, la mort. Le temps des batailles était révolu. J'ai rempli mes poches de sciure, et de retour à la maison, je l'ai versée dans une tasse que j'ai déposée sur le bord de ma fenêtre. Par quel sortilège venait-on de la déplacer?... Qui me jouait ce tour à un moment où j'avais besoin de clarté et de courage pour inventer une phrase qui me débarrasserait du pédiatre, un geste qui volatiliserait les coupeurs de prépuces?... Je revoyais l'orteil. Mon épouvante superposait ma verge à l'orteil. Ma verge remplaçait l'orteil. C'est elle que la petite fille avait vu par terre, dans la sciure, celle-là même que le pédiatre trancherait dans son cabinet d'exécution. Nuit de sueur sans sommeil. Nuit qui écrase. Pèse sur la tête. Et personne pour m'enlacer, pour calmer les frissons. Avant l'aube, je me suis enfermé dans la salle de bains. Je transpirais sous l'eau fraîche, le corps caché par la mousse, immobile jusqu'à ce que, les yeux fermés, je prenne mon sexe entre les mains et que je commence à retrousser la peau récalcitrante. Je devais y parvenir. Et j'y suis parvenu. Après quoi, j'ai remis la peau en place. Durant une heure, comme un endurcissement, ces mêmes allers et retours sans que mon visage ne dévoile un signe de douleur. Nu devant le pédiatre, j'ai prouvé que tout fonctionnait bien. Je venais d'échapper à la circoncision.

*

J'ai caressé les femmes que j'ai cru aimer avec l'impression de blesser leur peau, de salir leurs lèvres faussement adorées, l'impression encore, avec l'orgueil de mon sexe, d'encombrer les plis de leur beauté. Mes doigts laissaient sur la chair des traces de mort, y déposaient de la cendre. J'étais avec ces femmes, mais je n'étais pas là. Et si leurs corps se courbaient, c'était sous l'illusion des désirs. Mes désirs n'avaient pas pris chair.

*

Les larmes de ma mère

Elle se tenait assise devant la coiffeuse, le dos droit, légèrement cambrée, la tête qui partait en arrière, les paupières baissées, et comme je m'approchais d'elle, comme je sentais en elle une tristesse qui s'installait, cherchait à demeurer, je n'ai pas renoncé à affronter ce qui l'oppressait, ne m'occupant que de la façon dont j'allais poser ma main sur son épaule, pour que cette main, elle la devine attentive, capable peut-être d'écarter les blessures, capable de recueillir les peines et de les dissoudre. L'idée de cette force en moi dirigeait mes pas. À l'extérieur de la fenêtre, collé contre la vitre, un escargot rampait, laissant derrière lui un peu de bave. Par quelle foi ce pèlerin se laissait-il guider? À la recherche de quelle mission s'était-il mis en route?... Il aurait suffi d'ouvrir la fenêtre, de prendre l'escargot dans la main, sans le regarder, sans admirer les propriétés de sa coquille, et de serrer. La coquille aurait craqué, le corps écumé, puis le corps se serait durci, relâché, et tout aurait pris fin. Un Dieu sinistre et espiègle aurait, par ennui, par curiosité, par jeu ou par désenchantement, arrêté la quête de l'escargot, et ce Dieu n'aurait été autre qu'un garçon de douze ans à la rencontre de sa mère. Notre existence – avec les jours qui s'accumulent, saison sur saison, avec la charge des réussites, des échecs, avec les indignations qui faiblissent, se répètent, avec l'indifférence qui sabote les élans, les passions –, notre existence qui défile laisse-t-elle une marque supérieure, plus intéressante ou plus excitante que ces traces de mucus contre la vitre ?… Un autre Dieu se tiendrait au-dessus de nous, qui s'amusera à briser notre vie quand bon lui semblera ?… Indigence ! De la foi et de la pensée !

Ma mère ne bougeait pas.

Ne m'entendait pas.

Un soleil d'hiver, comme des reflets blancs sur le blanc de sa peau, zébrait la chambre. Je me tenais derrière elle, essayant d'entendre son souffle, de voir ses épaules se soulever, mais rien ne remuait, et s'il avait été possible d'ajuster une morte dans une telle position, j'aurais crue morte ma mère. Quand ma main s'est posée sur son épaule, si je n'avais pas la sensation de toucher une statue – l'épaule ne possédait ni la froideur du marbre, ni le grain de la pierre, ni l'humidité de la mollasse, ni le poudrage du plâtre –, je n'avais pas non plus la sensation de toucher un corps de chair, mais plutôt un corps de fumée, un corps immatériel que rien ne réussirait à atteindre. Ma main sur l'épaule de ma mère s'est mise à trembler, comme on bafouille. J'ai tourné la tête vers la fenêtre pour vérifier que l'escargot avait disparu. Je ne parvenais pas à distinguer les traces qui auraient pu signifier son parcours.

Comme de fines membranes vertes et bleues, les paupières de ma mère se sont levées. Ma mère pleurait. Des pleurs en silence. Le gris de l'effroi transformait son visage, encombrait ses joues de poussière, la peur souillait son teint, maculait les restes d'éclat dispersés ici et là, sur les joues ou sur le front. D'un pas frissonnant, elle s'est levée, pour se placer au milieu de la pièce, et elle a commencé à se déshabiller, silencieusement, d'abord son chemisier, puis sa jupe, ses bas noirs… et tout cela a pris du temps. Ma mère comme une apparition. Une ballerine fatiguée. Mère fantôme qui se déshabillait avec une lenteur lourde, dans un temps qui s'éternisait, refusait de se laisser mesurer. Elle a ôté sa chemisette qui a coulé le long de son corps, couleuvre jaune qui s'est lové à ses chevilles et qu'elle a écarté d'un mouvement. Je voyais son corps ruisseler à côté du tas d'habits qui refusait de s'affaisser, comme si un autre corps s'était caché là-dessous, et je me demandais si ma vraie mère n'y était pas tapie, si elle ne s'y était pas dissimulée tandis qu'un reflet d'elle se livrait à cette séance saugrenue de déshabillage. Elle a retiré son soutien-gorge et laissé apparaître des seins pointus que je trouvais beaux. Elle a essuyé quelques larmes, des larmes muettes, et d'autres revenaient, en un flux lent, mais perpétuel. Elle passait et repassait ses mains sur ses jambes, sur ses hanches, sur sa poitrine, ses mains qui parcouraient son corps en tous sens, caresses furieuses, comme si ses mains voulaient prendre possession de son corps, des mains petit à petit frappées de démence, des mains qui se sont enfoncés dans les seins, monstrueusement, dans une chair à piller, à violer, et les seins souffraient, se couvraient de rouge, et les mains tiraient, tordaient, et les seins saignaient. Alors ma mère, comme si elle s'était saisie d'une offrande, s'est approchée de moi, ses mains soutenant ses seins, les relevant quelque peu, et elle a dit, d'une voix qui agonise : On va les couper.

*

Je voudrais te couvrir de plumes, de terre, de miel, d'écorces, de cendres, te couvrir de feuilles de laurier, de papillons, de la couleur bleue, te couvrir de pollens, de résines, de sève, d'épices, de frissons, de baisers, de coquilles d'escargot, te couvrir d'étamines, de salive, de cheveux, de poussière, de sciure, de soie, de souffles, de fumée, d'aiguilles de mélèze, je voudrais d'abord te couvrir de mots.

*

Le ruban

Plus mes cheveux étaient longs, plus ma mère les caressait et plus je souhaitais les couper. Le souvenir des escarpins verts me hantait. Pour ne pas provoquer une de ces scènes où ma mère, percutante de colère, finissait par dire – les syllabes dans sa bouche comme des bris de sons qui piquent, percent – qu'avec les cheveux courts je ressemblais à un petit mâle belliqueux, à un fils de fermier sans âge et sans grâce, je devais chaque fois mentir, expliquer ma gêne aux séances de gymnastique, rappeler que la mode n'était plus aux cheveux longs, promettre d'insister auprès du coiffeur pour qu'il n'ôte que deux ou trois centimètres, en tous les cas, beaucoup moins que la dernière fois. À force d'arguments doux, de promesses, de regards qui masquaient mon désir, ma mère me donnait l'argent et son assentiment. Je courais dans la rue comme si je partais pour le lointain, pour un voyage qui m'apprendrait tout, avalant ma salive le plus vite possible, suivant mon reflet dans les vitrines, je courais jusqu'à ce qu'une douleur me coupe la poitrine et j'arrivais haletant chez Guido, un Sicilien à la voix majestueuse qui, été comme hiver, revêtu des mêmes chemises surpiquées, des mêmes pantalons anthracite et des mêmes chaussures luisantes, me racontait des histoires d'ânes roublards, ou d'oliviers magiques, ou de nains casse-cou transformés en géants amorphes, ou encore de fresques érotiques cachées dans les caves de sanctuaires répertoriés nulle part. Guido me certifiait qu'il connaissait les lieux exacts où se trouvent des empreintes d'ange, les larmes des saints, du fil d'or, des fioles de sang aux particularités merveilleuses (une goutte de celui-ci provoque la vieillesse, une goutte de celui-là l'écarte...), il me parlait d'une caverne où l'on peut écouter la voix de nos ancêtres, d'une autre où l'on entend les disputes des hommes célèbres qui se chamaillent sur le bien-fondé de leurs actions et sur l'actualité de leurs théories, il me racontait aussi – et c'est cela que je préférais – les aventures réelles de tous les membres de sa famille, ceux qui avaient réussi leur vie, ceux qui l'avaient ratée, ceux qui croyaient l'avoir réussie, ceux qui croyaient l'avoir ratée, et toutes ces histoires où se mêlaient des complots, des tromperies, des fortunes gagnées, volées, brûlées, des nuits d'amour et des crachats de haine, des prières qui sauvent, des silences qui foudroient, des risques, des sacrifices, des orgueils, des abandons, il pouvait les recommencer aussi souvent qu'il le souhaitait, jamais elles ne se ressemblaient, car à chaque carrefour, les paroles de Guido prenaient une autre direction, fonçaient sur une ligne droite, obliquaient, volaient en éclats, renaissaient ailleurs, sur un chemin de pierres bordé d'arbres odoriférants ou au milieu d'une autoroute américaine. À peine installé sur le siège en cuir où il suffisait de fermer les yeux pour que naissent les fictions, je disais la même phrase à Guido, celle qu'il aimait tant et qui avait suffi à nouer notre amitié : Le plus court possible avec l'illusion de la longueur ! Guido donnait le premier coup de ciseau, commençait à parler et s'appliquait à satisfaire ma requête impossible tandis que je me laissais séduire par sa voix qui interprétait le monde dans une cascade de paroles, une faconde joyeuse pleine de vigueur et de prodigalités qui, loin des chiffres, des silences profonds et des mesures trop raisonnables, rendait la vie aimable et loufoque !

Une après-midi où mon envie de coiffeur me démangeait, ma mère – elle avait honoré mon dernier retour de chez Guido d'un : Je te regarderai quand tes cheveux auront repoussé –, ma mère refusait de se laisser convaincre, elle me considérait à peine, demeurant insensible, ou alors elle déchiquetait d'un mot ou d'un geste mes envies. Durant plus d'une heure, par des détours, des spirales, des chemins de traverse, des écarts, des escarboucles langagières, je répétais la nécessité d'aller chez le coiffeur. Je ne possédais pas la force de considérer l'attitude de ma mère comme négligeable, sans incidence sur ma personne, je ne pouvais admettre – ni même formuler – cette vérité qu'il n'y a jamais rien à attendre des autres, que l'espérance est un vice, une mesquinerie dont il faut se débarrasser avant qu'elle ne vous chloroforme, ne vous accable, ne vous ôte la joie des jouissances, aussi éphémères soient-elles. À la fin, je restais là, planté comme un idiot devant un aquarium vide, roi de rien, tragiquement mortel sous les coups de cravache, refusant d'exprimer quoi que ce soit, incapable même de pleurer, ou de crier, ou d'attraper ma mère par la gorge, de lui écraser la glotte comme la carapace d'un crustacé, de me réjouir de ce craquement qui mettrait un terme au dédain.

Nulle échappatoire à ma détresse !...

Mon sort en pâture !

Sans me témoigner plus d'intérêt qu'à une distraction grâce à laquelle on va peut-être s'amuser un certain temps, ma mère a posé son livre, elle s'est tournée vers moi, et après une ou deux minutes sans paroles, d'une voix souriante, câline, dispose, pleine de quiétude engageante, elle a dit : Très bien, allons chez le coiffeur !

Silencieux sur la banquette arrière de la voiture, en passant devant chez Guido, j'ai compris que ma mère avait le choix des armes. Situé dans un quartier où rien n'aurait pu m'attirer, le salon cherchait à impressionner : du marbre rose entourait les miroirs... noir comme de la réglisse, le sol avait la consistance du caoutchouc, des appliques en forme de tête de babouin diffusaient une lumière bleutée, sur le mur du fond une mosaïque représentait Vénus étendue dans une conque en train de se faire coiffer par une jeune fille qui ressemblait à la version harmonieuse de la dame qui nous avait reçus dès notre arrivée en inscrivant quelque chose dans un registre qu'elle maniait comme si elle avait eu entre les mains le plus rare des incunables. Assis sur un fauteuil trop large, écœuré déjà par l'odeur des laques et des parfums, je voyais dans mon miroir s'activer, avec des masques d'acteurs moulés dans les pires facéties, une dizaine de personnes tandis qu'un homme tout en pointes (nez pointu, menton pointu, épaules pointues, doigts pointus) ne cessait de me soulever les cheveux, comme si de les aérer ainsi allait permettre d'en faire jaillir un génie. Après quelques minutes, l'homme tout en pointes est parti en se trémoussant vers ma mère sans que je cherche à comprendre les mots qui définissaient la forme que prendrait leur conjuration, et quand il est revenu vers moi, il m'a adressé un clin d'œil. Mieux valait se résigner ! Se taire ! Mieux valait ne pas bouger ! Et durant le temps qu'a duré la coupe, je suis resté les yeux fermés, impassible, enfermé dans une bulle cristallisée, dissimulant ma contrariété, un glacis sur la peau. J'étais devenu insensible à la brosse qui s'acharnait ailleurs, sur un autre crâne, sur une autre chevelure, et je percevais de plus en plus mal les quelques bruits de ciseau qui arrivaient de loin, d'une autre pièce, d'un autre immeuble, et très vite encore, d'un autre monde. Dans ce salon de coiffure de grand luxe, je voulais apprendre à me maîtriser, c'est-à-dire devenir assez sage pour considérer sans effet, sans incidence aucune, le grotesque qui souvent nous affuble. En ouvrant les yeux, j'allais être mis à l'épreuve : mes boucles, l'homme tout en pointes les avait pour ainsi dire frisées, et au lieu de raccourcir mes cheveux, il leur avait donné un mouvement ondulatoire qui les faisait paraître plus longs encore. Je restais de marbre, et de marbre encore quand il a, parachevant son œuvre, fixé dans mes cheveux, d'un geste primesautier et avec un second clin d'œil, un ruban, un colifichet aussi absurde que ridicule.

Durant le trajet de retour, j'ai réussi à cacher ma rage et à sourire à ma mère qui ne cessait de me féliciter, de louer mes grâces, la finesse de mon visage, mon cou élancé, mes mains délicates, mes longs cils, toute cette beauté que je tenais assurément d'elle et qui fascinait tant les hommes. Aucune de ses paroles n'aurait pu me soulager, au contraire, elles éveillaient les peines, laissaient éclore des élans d'aversion. Je ne pensais qu'aux escarpins verts, au malheur qui avait voulu que deux garçons viennent au monde avant moi, je pensais aux manières de donner la mort, aux os qui se scient, aux chairs qui se déchirent, je pensais aux nouveau-nés qui n'ont jamais demandé à être. De retour à la maison, je me suis éclipsé et j'ai couru chez Guido, mais cette fois-ci le cœur blessé, au bord des larmes. En me voyant, Guido a eu un rire bienfaisant, il a compris ma mésaventure et s'est exclamé en me collant la tête contre le haut de sa panse : Le plus court possible et sans illusion de longueur !

Le soir, à table, mon père et mes frères ont complimenté ma tonsure tandis que ma mère, à son tour, appliquait les règles de l'impassibilité. Quant au ruban, je l'ai, en guise de trophée, épinglé au mur.

*

On regarde un paysage de collines. On sent l'odeur de la terre. Le vent et le soleil se mélangent sur la crête de nos oreilles. On est attentif à ce qui palpite, aux herbes qui bougent. On renie toutes nos mauvaises pensées et on déclare étincelants les astres, le parc, la vie, les voix sans sexe, morts les spectres qui nous guettent, les fantômes qui nous entourent. Une fois encore, le battement de tes cils égaye ma voix.

*

Bien sûr les matchs de football les plus mémorables ne se déroulaient ni au stade, ni à la télévision, ni même dans le préau de l'école, mais sur le toit d'un parking couvert d'une pelouse et bordé par cinq immeubles, là où se donnaient rendez-vous, dès que cela était possible, une vingtaine de garçons prêts à disputer une nouvelle partie, à montrer leur adresse, leur promptitude à courir, dribbler, réussir des feintes, en inventer de nouvelles, d'autant plus que de nombreux spectateurs – particulièrement le dimanche et si le temps le permettait – regardaient depuis leur balcon les exploits des enfants du quartier, n'hésitant pas à nous encourager selon des modes divers. Moi, j'habitais plus loin et je jalousais un peu les autres d'avoir droit aux cris admiratifs de la famille quand ils marquaient un but ou réussissaient un beau geste technique. Heureusement, mon adresse au jeu me valait au moins les félicitations très codées de mes coéquipiers : tapes sur l'épaule, tapes sur les fesses, pouce levé, applaudissement brefs et silencieux en me regardant, mimiques d'approbation qui remplacent les paroles. Donc, les matchs sur le toit du parking restaient les plus mémorables, mais l'année de mes onze ans accueillait la coupe du monde de football, ce qui obligeait chacun d'entre nous à trouver un joueur à qui s'identifier. Continuellement nous célébrions cet autre en nous-mêmes et jamais ailleurs que durant nos parties, il n'y a eu autant de nationalités représentées au sein de deux équipes. Nous n'avions aucune crainte des situations les plus impensables, de celles qui obligeaient par exemple l'Allemand Beckenbauer, défenseur notoire et pilier de la Manschaft, d'arrêter par tous les moyens la course de l'Allemand Gerd Müller, avant-centre notoire et autre pilier de la Manschaft ! Pour ma part, j'avais un penchant pour l'équipe de Hollande dont l'orange des maillots, trop visible, trop lumineux, brillait à mes yeux comme le signe d'un détachement lucide, une manière de rappeler que tout cela n'était qu'un jeu de plus, une mascarade de plus. Étant donné que Cruyff, le capitaine de la Hollande, évoluait déjà à deux exemplaires sur notre terrain, j'ai décidé d'être Resenbrick, joueur dont le visage émacié, la silhouette onduleuse, la course faussement indolente et le jeu direct me convenaient.

À ce phénomène bien connu d'identification venait s'ajouter une autre compétition, fort obsédante celle-là : il s'agissait de réunir les figurines représentant tous les joueurs de toutes les équipes qui prenaient part au mondial et de les coller dans un album *ad hoc* que les marchands de tabac distribuaient gratuitement. Mais les figurines, elles, n'étaient pas gratuites ! Pour nous les procurer, nous étions prêts à sacrifier la brioche ou le pain au chocolat de la récréation. Comme assez vite chacun d'entre nous détenait un tas de doubles qu'il s'agissait d'échanger aux meilleures conditions contre des images manquantes, il n'était pas rare de voir, dans tel ou tel coin du préau, trois ou quatre garçons, têtes baissées et se tenant en cercle, se livrer à d'interminables marchandages, à des palabres compliqués dignes des meilleurs trafics où la valeur d'une image n'était jamais absolue mais dépendait des légendes dont on parvenait à l'auréoler. Le *vendeur* tenait dans sa main le paquet et faisait défiler sans interruption les images les unes après les autres au rythme d'un «J'ai... J'ai... J'ai... J'ai... J'ai...» que prononçait l'acquéreur en découvrant des photographies connues. Mais soudain, après qu'eurent défilé un certain nombre d'images ponctuées par le rituel «J'ai», on entendait, comme la prémisse à une grande excitation possible, un «J'ai pas»... suivi d'un silence solennel qui précédait les pourparlers. Dans ce «J'ai pas», l'acquéreur devait être capable de masquer son émotion, c'est-à-dire l'importance qu'il accordait à l'image manquante et le prix qu'il accepterait de mettre pour la posséder. Certains enfants, passés maîtres de la nuance, réussissaient à obtenir, l'air de rien, une image qu'ils convoitaient depuis longtemps, l'acquérant comme un vulgaire double qu'ils possédaient déjà, tandis que d'autres, trop émotifs, étaient systématiquement trahis par l'intonation de leur voix, payant l'image rêvée au prix fort, mais jamais déloyal, car au bout du compte, il s'agissait tout de même de faire plaisir à l'autre ! Pourtant, la beauté de ces négociations, l'esprit de ruse qu'elles exigeaient, se trouvaient parfois faussés par un nanti, un hors classe qui dépréciait la finesse de nos échanges en se procurant des figurines pour des sommes impudiques. Dans le kiosque où j'aimais me rendre avec un ou deux camarades, venait s'approvisionner un de ces gâche plaisir qui, à coup de pièces de cinq francs, achetait les précieuses pochettes alors que nous n'avions jamais plus de quarante ou soixante centimes en poche. Le garçon, sans arrogance et nullement conscient de la disproportion des moyens utilisés, passait sa commande d'une voix flasque. Nous étions offensés par tant de bêtise, car la bêtise offense. Comment rendre à ce nigaud la monnaie de sa pièce ? Notre esprit s'enhardissait, prenait des couleurs, se coiffait des plans les plus fous, ricochait de phrase en phrase jusqu'à ce que nous soyons à bout de souffle et à court d'idées. Il fallait l'admettre, aucune de nos envolées ne résisterait à l'épreuve de sa mise en pratique. Mais j'avais la volonté de ne pas abdiquer.

Sur la coiffeuse de ma mère se trouvait, ramenée d'Inde, une petite boîte en marbre d'Agra dont le couvercle, incrusté de pierres peu précieuses, s'ornait d'une rose. À l'intérieur de la boîte, comme en un caveau miniature, on avait déposé cinq pièces d'or. Aiguillonné par l'envie d'agir, je suis entré dans la chambre de mes parents, j'ai soulevé le couvercle et j'ai dérobé une des pièces d'or. Quatre ou cinq, allait-on s'amuser à les recompter?... Sur le chemin de la banque, j'ai examiné le recto de la pièce: une jeune fille de profil avec dans les cheveux une tresse, avec autour du cou une couronne d'edelweiss, avec derrière elle des montagnes qui disent la pureté de l'air et des sentiments.

Aucune représentation ne m'infléchirait dans ma démarche!

À la banque, ni question, ni problèmes: en quelques secondes la pièce d'or s'est transformée en un billet de cent francs! Avec mes deux camarades, nous avons guetté le garçon à la voix flasque et l'avons précédé juste avant qu'il n'entre chez le marchand de tabac. Au moment où le garçon s'apprêtait à sortir sa traditionnelle pièce de cinq francs, j'ai brandi le billet et j'ai crié: J'en veux pour ça! La mollesse n'est pas sans nerfs. En voyant les dizaines de pochettes tomber dans nos mains, le garçon a enfin ouvert les yeux et une onomatopée de stupéfaction traversé son visage. Quelle joie de le savoir si troublé, battu sur son propre terrain.

Nous étions aux anges.

Ravagés d'ivresse!

Huit mois plus tard, le vol relégué en marge de ma mémoire, ma mère a réuni ses trois fils devant la coiffeuse, elle a ouvert la boîte en marbre, elle a déposé l'une après l'autre les quatre pièces d'or au creux de sa main, et d'une voix qui ne souffrait aucune dérobade, elle a dit: Lequel d'entre vous a volé un vreneli? Mes frères s'indignaient qu'on pût les soupçonner, et je m'indignais comme eux, ils répétaient: Mais comment?... Comment?..., et à mon tour je répétais: Mais comment?... Comment?..., puis ils avaient une mine furieuse, et j'avais la même mine furieuse, ils semblaient finalement atterrés, et je semblais tout aussi atterré. Ma mère se persuada de notre innocence et ne chercha pas à élucider cette disparition, elle se mit même à douter du nombre de pièces d'or. Pour l'occasion, j'avais menti, mais je ne me le reprochais pas, devinant en secret que l'infini de la jouissance n'a pas forcément besoin de l'éternité de la damnation.

*

Pour toi, je pécherai des cachalots, j'élèverai des chenilles, des vers luisants, je ferai trois fois le tour de la ville à cloche-pied, je marcherai sur les mains en devinant tes mots préférés, je mettrai des couleurs au gravillon, des guirlandes aux cheminées, j'ascensionnerai des montagnes, j'inventerai des sirops, des sorbets, je remplirai une chambre de pollens, une autre de boutons de fleurs, et pour finir, je te raconterai d'un seul souffle la beauté des ombres et l'énigme des reflets.

*

Le morceau de verre

Si tristes dans leur bocal posé sur ma commode, les deux poissons rouges, un mâle et une femelle, n'avaient d'autre perspective que de tourner en rond, de manger la même nourriture que je leur donnais trop souvent, de regarder mon visage penché sur eux venu obscurcir leur vie sans chaleur. De contempler les deux poissons rouges me retirait l'envie de sortir au grand air, d'aller profiter du soleil qui donne au bois un autre parfum, de la pluie qui donne aux pierres un autre goût; de contempler les deux poissons rouges m'empêchait de partir monter aux arbres, de crier de là-haut des ordures, de cracher contre l'écorce, de planter un bâton dans la terre pour y dessiner des silhouettes de condor ou de gazelle; de contempler les deux poissons rouges m'interdisait d'aller m'étendre contre le tronc des arbres, puis de remplir le creux de mon nombril d'un peu d'humus chiffonné, ou d'épines de mélèze, ou de champignon frotté, ou d'un ver de terre qui s'y lovait, bien au chaud. À peine je les regardais, que leur tristesse devenait la mienne.

Bien qu'on m'ait dit qu'ils ne survivraient peut-être pas, que je risquais de les tuer, je m'étais persuadé que je devais les déverser dans un étang ou dans un lac. Que perdraient-ils à ce que l'on risque leur vie sans vie ? À ma demande, mon père a cédé. Ensemble, nous sommes partis en direction d'un lac artificiel qu'il pensait ne pas être trop froid, lui devant, qui conduisait la voiture, et moi derrière, le bocal entre les jambes, à regarder mes poissons rouges un peu secoués, mais qui pour une fois nageaient avec entrain, eux qui bientôt connaîtraient autre chose que la paroi de leur prison. À cause peut-être de la lumière, ou d'une tache, ou de l'air, à cause peut-être d'un éclat, ou d'une brillance – mon père ne l'a jamais su –, la voiture, alors que la route était parfaitement rectiligne, la voiture s'est déportée sur la droite et a heurté un muret.

Le silence avait un poids.

Qui écrasait.

Qui empêchait de se lever, d'ouvrir la portière, la bouche, de fuir, n'importe où mais en criant, en courant. Le silence me tenait à sa merci. Puis le râle a commencé. En continu et en s'amplifiant. Un râle qui sortait de la bouche de mon père tandis que sa tête, inhumaine, se redressait avec lenteur. Inquiétante crispation. L'accident avait transformé mon père en un monstre, un être abject qui occupait mon champ de vision. Impossible d'agir, impossible de le ramener à lui, à moi, que cesse le râle.

Quand la tête, droite, s'est ajustée au bout du cou, en un éclair – un éclair béni, salvateur, un éclair divin –, mon père a retrouvé son visage. Nous étions sauvés. Il est sorti de la voiture, a ouvert la portière arrière, m'a pris dans ses bras, m'a serré contre lui. Un baiser de retrouvailles. Un baiser infini.

Dans le choc, le bocal s'était brisé.

Les poissons rouges gisaient sous les pédales.

C'est plus tard, en retirant mes pantalons, que j'ai découvert le morceau de verre qui s'était glissé dans une des poches. J'aimais serrer ce morceau de verre, le serrer contre ma paume jusqu'à ce que du sang tache la transparence du verre, rende rougeoyantes les lignes de la main.

*

Je voudrais repeindre les murs de ma chambre avec le rouge que tu passes sur tes lèvres, et mes meubles, je voudrais les tremper dans le noir qui allonge tes cils, et sur le sol de la terrasse, je voudrais verser les gris du fard de tes paupières, et si je regarde la nature, c'est toujours ton visage que je cherche.

*

Pour fêter les dix ans de l'un de mes frères, mes parents avaient loué une salle afin que la trentaine d'enfants invités puisse profiter au mieux de l'anniversaire. C'était la première fois que ma mère consentait à ce genre de rassemblement. D'habitude, ces journées-là se limitaient au cadre strict de la famille. J'avais aidé mon père et mes deux frères à la préparation et à l'embellissement de la salle: guirlandes multicolores, ampoules colorées, pétales, confection de fleurs en papier, mise en place du matériel nécessaire pour les différents jeux et répartition des lots à gagner. J'étais aussi excité que si cet anniversaire avait été le mien. Les enfants, tous plus grands que moi, arrivaient de bonne humeur, déposaient leur cadeau sur une table prévue à cet effet et s'enquéraient du déroulement de l'après-midi. Personne ne se sentait délaissé, ou ne se serait tordu les mains d'ennui, et les concours se succédaient dans la joie, sans tricherie ni mesquinerie. J'ai même vu une fille offrir la boule magique qu'elle venait de remporter en découvrant le léger désarroi qu'un garçon ne parvenait pas à masquer. Si je l'avais pu et si j'avais su que cela se pratiquait, j'aurais proposé l'édification d'un monument à la gloire de cette fille, ou je l'aurais construit de mes mains, et pourquoi pas avec du sable, ou des branches d'arbre, et pourquoi pas pour une seule heure! À un âge où les âmes –

quelques bonnes qu'elles soient nées – ont déjà reniflé les miasmes de la corruption, aucun drame, aucun acte de méchanceté, ne sont venus enténébrer le plaisir que peuvent trouver des enfants à s'amuser ensemble durant une après-midi. Une telle vision aurait redonné confiance aux pessimistes de la vie quant au dessein de l'humanité. Ma mère, habillée d'une robe violette qui laissait ses épaules nues, plaisait à tous, et à moi le premier, tant elle éblouissait de charme, tant elle savait distinguer et exprimer, d'une voix lumineuse, les qualités de chacun. Qui parmi ces garçons et ces filles n'aurait désiré l'avoir comme mère ?... À tous j'aurais voulu poser la question pour profiter plus clairement encore de la joie que leurs réponses m'auraient donné.

Si ces plus grands que moi ne m'impressionnaient pas autant que je l'avais imaginé, je peinais à détourner mes regards de certaines filles pour lesquelles je me sentais prêt à combattre et à vaincre les soupirants les plus guerriers, les plus durs et les plus froids, ou à ferrailler contre des monstres à trois, cinq ou six têtes. Les bandes dessinées que je préférais racontant les exploits de quelques chevaliers et l'image d'un saint Georges terrassant le dragon sur les couvertures de mes cahiers m'interdisaient de penser que les maux contemporains étaient d'un autre ordre et se résolvaient de façon moins chevaleresque ! Bien que le plus petit et le plus jeune de l'assemblée, j'ai réussi tout de même à obtenir un moment de gloire et à forcer l'admiration en me montrant le plus rusé à un jeu d'habileté, remportant du coup un plumier que beaucoup regardaient avec envie et un baiser de ma mère auquel aucun n'aurait voulu échapper.

Après avoir mangé le gâteau d'anniversaire, restait une dernière attraction : cinq bombes pour la rigolade que l'on savait remplies de surprises et dont les mèches ont été simultanément allumées à des endroits divers de la salle. Nous retenions notre souffle, prêts à bondir. Quand les cinq bombes ont éclaté – et les objets qu'elles contenaient se sont envolés, certains touchant même le plafond, avant de chuter un peu partout, de s'éparpiller aux quatre coins de la pièce –, chacun s'est précipité sur l'objet de ses désirs ou s'est contenté de celui qui, se trouvant peu éloigné de lui, ne pouvait lui échapper. Dans un cri victorieux, on voyait des gommes, ou des sifflets, ou des taille-crayons, ou des masques (de singe, de sorcière, de Zorro) ou des images en trois dimensions, être brandis comme s'il s'agissait des présents les plus estimables, mieux encore, d'une sorte de baguette magique qui allait nous ouvrir les portes de la vie derrière lesquelles nous attendaient des poignées de sensations excitantes et inconnues. J'assistais à cette explosion frénétique sans pouvoir m'y mêler, idiotement attendri, heureux de penser qu'une après-midi pareille devrait durer des semaines. Je ressentais cette paix floue et tendre, atteint par elle, quand j'ai remarqué, à côté de ma chaussure, un amas noir, une chose mal définie que j'ai dû prendre en main pour réaliser que j'avais hérité, malgré moi, d'une moustache postiche, épaisse comme n'en possèdent que les hommes les plus virilement velus, moustache qui m'a sorti de ma somnolence, et que je me suis dépêché, ravi de ce don, de plaquer au-dessus de ma bouche, d'ajuster avec le sérieux et la précision que j'avais observés, à la télévision, chez les bandits obligés de déjouer continuellement d'inépuisables poursuivants.

Je me sentais fier et beau.

Et pour ne pas l'être pour rien, j'allais traverser la salle en levant la tête le plus haut possible afin que n'échappe à personne ma transformation de petit garçon un peu timide en homme impavide, quand j'ai senti une main m'arracher mes très éphémères atours, quand j'ai entendu, qui me serrait comme un garrot, une voix me dire : Pour ces horreurs-là, on a encore le temps.

*

Un jour, on réfléchit aux moyens de donner la mort. On pense aux films qu'on a vus, aux livres qu'on a lus, on pense aux moyens possibles de tuer, d'éliminer, et on est surpris, d'abord par la multitude de ces moyens, puis par la facilité de choisir le moyen qui nous correspond le mieux. Nulle hantise face à l'aura de la mort qui pointe là-bas. Nulle crainte. Mais dans le miroir que j'achèterai pour te faire plaisir, je n'aurai pas à me regarder comme un assassin en accord avec l'idée d'un meurtre possible, ou d'un matricide. Deux secondes de distraction sur une route et vous êtes orphelin. Deux secondes irrémissibles qui vous anéantissent, tuent vos parents. Sur la table basse de la chambre carrée, j'ai déposé les objets qui ressemblent à des prix de loterie, une loterie étrange, la loterie de la vie. Il y a les deux fléchettes, la rouge et la verte, il y a les orchidées artificielles, la statue, il y a une photographie de la plage à la balançoire, il y a les escarpins verts, une boîte d'hameçons, le couteau à viande, la tasse à sciure, l'ex-voto, le ruban, il y a les objets que j'ai déjà oubliés et il y a ceux dont je ne t'ai pas parlé : un porte-cigarette, une mappemonde, un collier d'ambre, un masque africain, un arc, une lettre cachetée, une badine. Je vais prendre tous ces objets et les mettre dans une malle que je bâcherai de noir. Je te la donnerai. Tu pourras la jeter, tu pourras l'enterrer, la cacher, la brûler, tu pourras aussi la prendre chez toi, là où demain soir, pour longtemps peut-être, je viendrai te rejoindre.

*

Avec ta langue, tu tournes sur mes lèvres. Tu dis: Je ne serai jamais une mère. Avec ta langue, tu agaces les rives de mes oreilles. Tu dis: Moi aussi je laisse cela aux femmes malheureuses. Avec le bout de ta langue, tu mouilles le coin de mon œil. Tu dis: Avec moi, les larmes du fils n'existeront pas. Puis tu m'embrasses. Puis tu te dévêts. Puis tu murmures: J'ai assez de beauté jusqu'à ta mort.

IMPRESSION BRODARD ET TAUPIN À LA FLÈCHE
DÉPÔT LÉGAL SEPTEMBRE 2006. N° 89087 (37043)
IMPRIMÉ EN FRANCE